記憶アパートの坂下さん

いぬじゅん

PHP
文芸文庫

○本表紙デザイン＋ロゴ＝川上成夫

Residents of Mémoire

Written by Inujun

プロローグ

人は覚えたことの約八十パーセントを忘れる生き物。
残り二十パーセントの記憶を積み重ねて生きていく。

アパートの前に桜の木が一本。
どの季節も、私を見守るように、時には冷たく見つめるように。
桜の花が散るのと同じく、人は記憶を手放しながら生きていく。
失ったり、形を変えた記憶に悩まされる人をたくさん見てきた。

――私がここにいる意味があるのなら。
――私にできることがあるのなら。

行動に移せない自分を「そんなものだ」とあきらめ、今日も桜の木を眺める。

桜の木を見ると、なぜか泣きたくなる。

第一章

「この恋は、あの夏の中」

Residents of Mémoire

Written by Inujun

潮野光瑠《しおのひかる》（十七歳）

記憶喪失《そうしつ》になったことは、大した問題じゃないと思っていた。

俺が失くしたのはたった数カ月間の記憶で、長く続いていく人生においてはミクロな期間だろう。

高校の入学式の日に交通事故に遭《あ》い、その前後の記憶を俺は失った。

問題なのは後遺症《こういしょう》である頭痛のほう。時折、頭につけられた輪っかを締めつけられるかのような痛みが俺を苦しめる。それは、高校に通えなくなるほどに。

けれど、人は環境に馴染《なじ》んでいく生き物。通信制の高校に編入してからは、症状とつき合いながらうまくやっていけている。

愛知県の端っこののどかな街。生まれた時から住んでいるアパートの庭の大きな桜の木が、今年も花を誇らしげに咲かせていた。雨に散った花びらを風がさらい、今では緑の葉を生《お》い茂《しげ》らせている。

もう人は、花が咲いていたことを忘れてしまったかのように、桜の木に目をやることもない。それだって記憶喪失みたいなものだ。

大した問題じゃないんだ。自分に言い聞かせれば、また頭がじわりと痛んだ。

「光瑠《ひかる》」

名前を呼ばれた時、俺はコンビニの袋をクルクル回しながら歩いていた。ふり返ると、四つ角から出てきた男子高校生三人組のひとりが手を上げている。遠くて顔はよく見えないが、身長と体型で誰なのかがすぐにわかった。

なんだ、と足を止めずに先を急ぐが、すぐに声が追いかけてきた。

「光瑠ってば。おい、潮野《しおの》光瑠！」

恥ずかしい。何度も名前を呼ぶな。バタバタと近づく足音に観念して立ち止まる。

「なんだよ」

「いやー、似てる人がいるなって思ってさ、まさか光瑠だったとは」

息切れひとつせず、余裕の笑みを浮かべているこいつの名は嶋悟志《しまさとし》。小学校からの友だち、というか悪友だ。肩をガシッと抱いてくるもんだから、買ったばかりのアイスが袋ごと飛んでいきそうになった。

「帰る方向、こっちじゃないだろ？　わざわざ抜けてこなくてもいいのに」

暑い、と体を押しのけると、

「うわ、冷てえ。オレの親友はまるで氷のようだ」

悟志は顔を空に向け、大げさに嘆いている。野球部に所属しているが、それより演劇部のほうがお似合いだ。

小学生の頃は俺のほうが背が高かったのに、いつの間にか追い抜かれ、その差は年々開くばかり。部活で鍛えられた体もどんどん分厚くなっていく。

六月というのに真夏のように肌が焼けていて、白い歯がそのぶん目立っている。髪は前に会った時よりずいぶん伸び、あと少しでわけ目が作れそう。一年生の間は、野球部の古き慣習——というか、先輩からの命令で坊主頭を強制されていたらしく、それを俺に話した時も同じように空に向かって嘆いてたっけ。

「光瑠が外にいるなんて珍しくね？　あ、今日ってスクーリングの日か」

俺の背負う通学リュックをチョイチョイと指で触る悟志。

普段はオンラインで授業を受けているが、月に一度は『スクーリング』と呼ばれる対面授業があるため、高校に行かなくてはならない。今日がその日だった。

「たまのスクーリングの帰り道で悟志に会うなんて悲劇だよ」

「なに言ってんだよ。それを言うなら喜劇、いや感激だって」

シェイクスピアが聞いたら怒りそうな韻を踏んでから、悟志はコンビニの袋を覗《のぞ》き込んできた。

「あいかわらずカップアイスか」

「好きなんだからいいだろ」

　昔から季節を問わず、アイスばかり食べている。母はうるさいけれど、これだけは止《や》められない。食べやすいカップアイスは新商品が出るたびにもれなく試している。

「で、スクーリングはどうだった？　そろそろ友だちもできたか？」

「何回同じことを聞くんだよ。月に一度しか会わない人と友だちになれるわけないだろ。まあ、学校にいる時間はちょこちょこしゃべってるけど」

　最後のは嘘だ。人と話すのが苦手《にがて》な俺は、クラスでも浮いている。ほかのクラスメイトは連絡先を交換したり、年上の人たちは授業のあとカラオケとかにも出かけているそうだ。一度だけ誘われたがあいまいに逃げて以来、声がかかることはなくなった。

「友だちならオレがいるからいいだろ。あ、佳澄《かすみ》もいるわ。仲間に入れないとあいつ、マジで怒るからなあ」

　聞かれているはずもないのに悟志はキョロキョロと周りを確認している。古賀《こが》佳澄がリーダー気質《かたぎ》なのは昔から。それよりも、今の発言で気になることがある。

「陽花里《ひかり》だって仲間だろ」

三井陽花里《みつい》。その名前を口にするたびに、じんわりと心が温かくなる。今にも雨を降らせそうな鉛色《なまりいろ》の雲さえ、やさしく感じるのが不思議だ。

「もちろん陽花里だって仲間に決まってんだろ。オレが言ってんのはトヨナンのグループって意味であって――」

トヨナンとは、私立豊辺《とよべ》南高校の通称だ。みんなで同じ高校を目指したのに、陽花里だけは親の転勤で東京の高校へ進学してしまった。まあ俺だって一年生の途中で通信制の高校に代わったので、厳密には陽花里と同じく、『元トヨナンメンバー』だ。

自分でもそのことに気づいたのだろう。悟志はモゴモゴと口の中でなにか言葉を濁したあと、「つまり」とことさら明るい口調で取り繕《つくろ》った。

「オレたち四人の友情は永遠ってこと！」

「はいはい」

「てことでアイスくれよ」

「自分で買え」

じゃれ合っているうちになだらかな下り坂に差し掛かった。高台からは緑色が支配する街が一望でき、遠くには通せんぼしているような山が墨絵のように浮き上がっている。名古屋市のような都会とは違い、俺の住む街は同じ愛知県でものどかな地方に位置している。

俺の住むアパートに立つ大きな桜の木は遠くからでも見えた。

桜の木を見ると、なぜか泣きたくなる。

満開の春も美しいが、緑の葉を揺らす夏も枯れ葉舞う秋も、寒々とした冬も好きだ。好きなのに泣きたくなる理由は解明できずにいる。

目を細めた悟志がごつい指で桜の木を指した。

「光瑠んとこのアパートの桜って目立つよな。春なんてヤバいくらいピンク色だったし。そうそう、あの管理人の女性、ええっと……」

「坂下《さかした》さんだろ？」

「そう、坂下さん。こないだ前を通りかかった時も、ボーッと桜の木の下に立ってたんだぜ。幽霊かと思ってビビったわ。マジでヤバくね？」

管理人である坂下さんは、101号室に住んでいる。下の名前は不明で年齢は三十代前半くらいだろうか。いつも着古したねずみ色のトレーナーの上下を身に着け、足元は冬でもサンダル履《ば》き。肩に届く髪はボサボサでノーメーク。さらに無表情で無愛想《ぶあいそう》ときてる。

「人のことはいいんだよ」

かばう必要もないのにそう言うと、悟志はコンビニの袋に日焼けした腕を突っ込んでアイスをひとつ奪った。代わりにポケットから取り出した百円玉を俺に握《にぎ》らせてくる。いや、百円じゃ足りないんだが。

「なあ、光瑠」

声のトーンが低いことに気づき、無意識に体を硬《かた》くした。悟志が真面目《まじめ》な話をする時の合図《あいず》はいつもこれ。

「記憶喪失はまだ治らないのか？」

「治るっていうか、思い出せないまま。思い出そうとすると頭が痛くなるし」

軽い口調を意識すると、悟志は「へえ」と同じくなんでもないように言った。

「思い出さなくてもいいってことじゃね？　事故のことを思い出すなんてゾッとするし」

「悟志は軽傷だったもんな。うらやましいよ」

「日頃の運動が大事ってことよ。光瑠にその気があるならランニングとか一緒に――まあ、お前は運動しないか」

自己完結したあと、悟志はアイスを軽く持ち上げた。

「これ、サンキュ。期末テスト終わったら佳澄と一緒にお前ん家に遊びに行くから」

「来なくていいって。駅とかで待ち合わせにしない？」

「ダメダメ。外で約束すると、お前絶対に来ないじゃん。最終日は半日だし、その日にするか。んじゃ、またな」

俺の返事も聞かずに悟志はもと来た道を駆けていく。さっきの新しいトヨナンたちと再合流するのだろう。昔はいつも四人でいたのに、今じゃ約束をしないと会えなくなった。引っ越した陽花里は仕方ないにしても、俺は自ら脱退したようなものだし……。

それなのに置いてけぼりにされている感覚が常にある。

「人なんて勝手なものだよな」

ひとつ減ったアイスと一緒に坂道を下っていくと、左手に古くて低いブロック塀が現れてくる。入り口を入ると、左側にアパートの建物が奥に長く延びて建っている。建物の裏には吹きさらしの駐車場があり、コンクリートを打ち破った雑草がいたるところで生命力を誇示している。隅っこにはチラシやペットボトルが何カ月も風雨にさらされている。

二階建ての木造アパートは築三十年だと聞く。もとは白かっただろう壁は墨汁を吹きつけたように黒ずんでいて、鉄骨製の階段も錆《さ》びている。全八部屋あるが、その半分は長い間空室のままだ。これでやっていけてるのが不思議で、母は『いつか取り壊されちゃうかもね』なんて言っている。

アパートの名前は『メモワール』。喫茶店にありそうな名前だ。

「うわ……」

思わず声を出してしまったのは、奥の101号室の前にある二階へあがる階段に坂下さんが座っていたから。あいかわらずのトレーナー姿で、顔を桜の木に向けたまま彫刻のようにじっと動かない。

俺の部屋は204号室なので、どうしても階段をのぼらざるを得ない。

わざと足音を立てて階段の下にある郵便ポストまで行くが、立ち去ってくれる気《け》配《はい》がない。

しょうがない、と鼻から息を吐《は》き、ピザ屋の広告をコンビニ袋に押し込み、階段の下へ。

俺がいることに気づいていないのか、坂下さんはまだぼんやりと桜の木を眺めている。オーバーサイズのトレーナーは襟《えり》がよれて広がっている。

階段をのぼりながら、

「こ、こんにちは」

つっかえながら挨拶《あいさつ》をすると、ゆっくりと視線を俺に向けてきた。ぼんやりとした瞳で、したかどうか判断に迷う微妙な会釈《えしゃく》を返してくる。数秒後に、ようやく階段の端に体を寄せてくれたので、脇を通り二階へ。

俺も愛想《あいそ》がないと自覚しているが、坂下さんよりはマシだ。いつもアパートの前にいるけれど、管理人らしい仕事をしている気配はない。桜の木の周りに生えている雑草は伸び放題だし、アパートの照明だって蜘蛛《くも》の巣が張っている。

坂下さんは三年くらい前に101号室に引っ越してきて管理人になったはず。その前に住んでいた人のほうがよっぽど綺麗《きれい》で愛想がよかったよな……。

二階の奥に進むと、薄いドアの向こうからテレビの音が漏《も》れている。母は今日、仕事が休みだと言ってたっけ。

ドアを開けると、忙しそうに狭い部屋を横断していた母が、「お帰り」と言うや否やピタリと動きを止めた。

「あれ？　私、なにを探していたんだっけ……」

自分の手のひらをジッと眺めてから、ゆっくりと首をひねっている。

「俺に聞かれても……スマホとか？」

冷蔵庫の冷凍室を開けると冷たい空気が火照《ほて》った顔に気持ちいい。曇り空とはいえ、日に日に夏の気配が濃くなってきている。

「スマホ？　あっ！　そうそう、スマホを探してたのよ」

バタバタと自分の部屋に駆け込んでいく。

俺は生まれた時からこのアパートに住んでいる。２ＤＫの間取りだが、ダイニングの部分が広く確保されているので2LDKと言ってもよさそうな部屋。賃料も『ありえないほど格安』だと母が言っていた。なのに、半分も部屋が埋《う》まっていないのは不思議だ。

スマホを見つけたらしく、ホクホク顔で戻って来た母がリモコンでテレビを消した。

母はたしか今年で四十五歳、いや……四十四？　ショートカットの髪は昔から変わらず、体型も口にはしないけれど丸いまま。明るくて活発でおっちょこちょいの母は、俺とは真逆《まぎゃく》の性格だ。総合病院で看護師をしていて、交代制勤務のため夜勤も月に何度かある。

「今日は休みじゃなかった？」

通学リュックを背負ったまま手を洗う俺に、

「そうなのよ！」

母がぶうと頬を膨《ふく》らませた。

「夜勤者が急に休むことになってヘルプ要請が来ちゃったの。ああ、なぜ映画を観に行かなかったのかしら。それなら電話に気づかずに済んだのに」

「夜勤ってもうはじまってるんじゃ？」

夕方五時から翌朝九時までが夜勤の時間。二交代制の勤務時間はそれぞれ頭に入っている。

「日勤の人が延長して待っててくれてるの。晩ご飯はチャーハンね。あ、アイスの食べ過ぎはダメだからね。それよりスクーリングはどうだった？」

「まあまあ」

曖昧に答え、ソファに座る。アイスは風呂のあとに食べることにしよう。

「まあまあってことは……うん、悪くないってことね」

前向きに捉《とら》えるのが母らしい。出かけようと玄関に向かった母が、「そうだ」とふり向いた。

「来週の受診なんだけど、急に会議が入っちゃったの。ひとりで行ける？」

「平気。てか、最近はひとりで行ってるし」

「そうだったっけ？　悪いけどお願いね。行ってきます」

慌《あわ》ただしく出かける母を見送ったあと内カギをかけた。ソファに戻る前に、母の足音が戻ってきた。ドアノブを回したあと、「あれ、カギしめたっけ？」つぶやく声がして、再び足音が遠ざかる。いつものことだ。

取り込むのを忘れたバスタオルが二枚、ベランダの洗濯物干しにかかっている。窓を開けると、生ぬるい風が伸びた前髪をくすぐった。

ひとりの夜には慣れているし、さみしがる年齢でもない。

がらんとした部屋には物心がついた時からの思い出が染みついている。その思い出から退場した人がいる。それは、父だ。

小学三年生の夏に両親は離婚した。そうなるだろうな、という予感はしていた。むしろ、不機嫌な顔のふたりを見なくて済むことにホッとしたことを覚えている。

その日以来、父には会っていない。

記憶喪失で失った記憶と違い、父との記憶は自らフタをして思い出さないようにしている。

人間の記憶なんて、当てにならないものだ。忘れてしまえば、最初からなかったのと同じこと。覚えているつもりでも、一部が欠けたり無意識に書き換えられたりして、過去の雑多な事象と完全に一致することは少ない。

今では顔も思い出せなくなってしまった父。当初は父と俺を面会交流をさせようとしていた母も、この数年はなにも言わなくなった。

別に会いたいわけじゃない。きっと向こうだって会いたくはないだろう。

ふたりが別れたのは、俺のせいなのだから。

風呂から出てアイスを食べながら、陽花里にＬＩＮＥを打った。

『アイスうまい』

いつもこんな感じでなにげないメッセージを送っている。

しばらくすると既読マークがつき、

『どうせコンビニ袋をふり回しながら帰ってきたんでしょ』

と、陽花里からの返信が表示された。それだけで、周りの空気が緩《ゆる》んだ気がする。

『アイスはぶん回したほうがうまいから』

『昔から言ってるけどソースが不明　本当に美味《おい》しくなるのかな』

きっと呆《あき》れて笑っているんだろうな。猫が『もちろん』と書かれた看板を持つスタンプを返すと同時に次のメッセージが届いた。

『スクーリングはどうだった？』

今日だけで三度目の問いも、陽花里にだけは素直な気持ちを伝えられる。

『いろんな年代の人がいてみんなやさしい　だけどコミュ障のせいでうまく返せなくて正直浮いてる』

『しゃべりすぎる人よりはいいよ　光瑠の魅力は寡黙《かもく》なところだから』

昔からこんなふうに陽花里は俺を肯定《こうてい》してくれていた。先生に怒られた時も親が離婚した時も、通信制の高校に編入することを決めた時もそうだった。

照れくさくて『ありがとう』のスタンプを返した。

毎日何ターンかで終わるやり取りは、俺たちが小学生の時から続いている。

いつからだろう、陽花里のことを意識し出したのは。陽花里が東京に引っ越してからは、ますます想いが加速しているようだ。

少し溶けたアイスを食べると、さっきよりもやわらかくて甘くて、少しだけ苦《にが》く感じた。

俺は主治医が苦手だ。猪熊《いのくま》という獣《けもの》くさい苗字《みょうじ》なのに、見た目はインテリそのもの。七三にわけた髪に黒ぶちのメガネをかけ、長身で細身、白衣の下のシャツにはシワひとつない。けれど、あごにはいつも無精ヒゲが生えている。年齢不詳で、四十代にも見えるし肌の感じからすると三十代にも見える。

母の勧める総合病院から独立した猪熊さんは、記憶障害や物忘れに特化した『猪熊メモリークリニック』を何年か前に開設したそうだ。白を基調としたオシャレな建物で、内装もやたら間接照明を多用している。看護師は皆やさしいけれど、通っているのは認知症に悩む高齢者が多い。そういう人はほかの医師に任せているらしく、猪熊さんは記憶の問題を抱える人を専門に診《み》ているとのこと。俺もその患者のひとりだ。

診察室でさっきから猪熊さんは、俺の脳のCTスキャン画像を穴が空《あ》くほどじっくり眺めている。やることもないので猪熊さんの横顔を観察する。鋭い印象の目も、メガネ越しじゃないと穏《おだ》やかに見えなくもない。一本の遊び毛も許さないほどつけたワックスの量を減らせば、もっと柔らかい印象になるだろうに。あと、無精ヒゲは剃るべきだ。

「特に変わりはありませんね」

メガネの中央部を人差し指で上げながら、猪熊さんがパソコンから俺に視点を変えた。

「記憶の抜けている期間に変化はありませんか？」

「はい。変わりません」

「なにか思い出したことはありますか？」

「ありません」

ここで猪熊さんと話していると、毎回尋問《じんもん》を受けている気分になる。思い出せないことを責められているような、そんな感じ。

「そうですか」と猪熊さんが体ごとパソコンに向かいキーボードを軽やかに打ち出した。

「通院当初はひどい頭痛に悩まされていましたが、最近は落ち着いているのですね？」

「ええ、まあ……」

モゴモゴと口ごもりながら、早く家に帰りたい気持ちが込み上げてくる。

「あの事故が起きたのが去年の四月で今は七月。もう一年以上が過ぎたのですね。事故により記憶障害が起きることは珍しいことではありません」

返事をしなかったのは、事故に遭ったことすら覚えていないから。

俺は歩道に突っ込んできた車に跳《は》ねられた、らしい。

頭を打って病院に運ばれた、らしい。

重体で、しばらく入院していた、らしい。

記憶にない出来事を説明されても、事故の前後の記憶が数カ月すっぽりと抜け落ちているので、知らない物語を聞かされているようだ。

「潮野さんの場合は、脳震とうによる『逆行性健忘症《ぎゃっこうせいけんぼうしょう》』の可能性が高いのですが、その場合は事故前の記憶だけを失います。なぜ事故後の記憶がないのかについては、ストレスによる『解離性《かいりせい》健忘症』だと思われます。ふたつの要因による記憶障害が起きているわけです」

「はい」

「頭痛も気になります。でも、最近は頻繁《ひんぱん》ではない、と」

退院したあとはひどい頭痛に悩まされた。高校に通えなくなり、泣く泣く通信制の高校へ編入することになった。最近では、思い出そうとする時だけ頭痛が起きている。

思い出そうとしなければ平気ということだが、診察を受けるとどうしてもその話題になる。今も、じわりと頭の奥で痛みがうずきはじめている。

「最近は大丈夫《だいじょうぶ》です」

自分に言い聞かせるように言った。

もうこのままでいいんじゃないか。むしろ、定期受診を止めれば、思い出すことがなくなるし、頭痛そのものも消えてくれるのでは……。

「経過観察を続けながら、カウンセリングも入れてみましょう」

どうしようか、と迷っているうちに猪熊さんは画面にカレンダーを表示させた。このままでは次の予約を入れられてしまう。

「あの、先生」

意を決して口から出した言葉は声がひっくり返っていた。マウスを動かす手を止めた猪熊さんが両手をキーボードに置いた。

「どうぞ」

「俺……別に困っていません。頭痛はたまにしますけど、ほんとたまにだし、痛み止めも最近は飲んでないし。なんていうか、その……」

カタカタと打つキーボードが音楽を奏《かな》でているようだ。モンスターを呼び出す呪《じゅ》文《もん》のように脳内で響き、頭の奥に隠した痛みが存在感を増してくる。

——思い出すな。オモイダスナ。

猪熊さんは無言でキーボードを打っていたが、やがて手を止めると体ごと俺に向けた。

「いいでしょう。それでは痛み止めを多めに処方しますから、次回の予約は入れずにおきましょう」

「え、いいんですか？」

まさかそんなことを言ってくれるとは思っていなかった。ホッとする俺に猪熊さんが顔を近づけた。

「ただし、なにか思い出したり、頭痛がひどくなった場合は必ず再受診をしてください。予約はいりませんから」

今まさに頭痛がその存在を主張し出している。それでも定期受診がなくなるのなら、病院嫌いの俺にとってこんなにうれしいことはない。

「わかりました」

頭痛をおくびにも出さずにうなずいてみせる。猪熊さんが再びパソコンを奏ではじめた。

鼓動《こどう》と同じ間隔《かんかく》で、痛みがじわじわと俺を侵食《しんしょく》してくる。

帰り道は歩くたびに頭痛がひどくなっていくようだった。

せっかく定期受診がなくなったというのに、一度頭痛が生じるとなかなか消えてくれない。

七月の空からは雨まで降り出している。間もなく梅雨《つゆ》も終わるだろう、と今朝のニュースで言っていた。コンビニに立ち寄る頃には雨は本降りになっていた。濡《ぬ》れたアスファルトのにおいをかぎながら店内に入る。

今日のアイスはバニラ味とチョコ味、あとは久しぶりにストロベリー味も追加しよう。陽花里の好きなチョコミント味の種類が増えていたけれど俺は苦手なのでスルーした。

普段は手に取らないペットボトルの水を買い、自動ドアを出たところで痛み止めの錠剤《じょうざい》を胃に流し込んだ。

コンビニのガラスに花火大会のポスターが飾ってあった。夏まつりは、三百年の歴史があり無病息災や五穀豊穣《ごこくほうじょう》を祈って二日間にわたって近所の神社でおこなわれている。二日目に河川敷で見ることができる花火大会は、規模は大きくないものの、手筒《てづつ》花火や打ち上げ花火が夜空を彩《いろど》る。

去年は事故の後遺症に苦しみ参加できなかったが、それまでは四人で、もっと幼い頃にはそれぞれの親に連れられて見に行っていた。

スマホで陽花里にメッセージを送る。

『花火大会、今年もやるってさ』

中学最後に見た花火を思い出す。陽花里と佳澄は浴衣《ゆかた》を着てきた。陽花里の浴衣姿にドキドキしてしまい、花火どころじゃなかったことを思い出す。

陽花里は花火に感動して泣いていたっけ。昔から泣き虫だったあいつは、東京の高校でうまくやれてるのだろうか。

あの事故のあと、気がついた時には、陽花里はもう東京へ引っ越していた。事故のショックよりも、俺は陽花里に会えないほうがつらくて——。

ズキン。一層大きな頭の痛みに思わずうめき声を上げてしまった。幸い近くに誰もいなかったので、コンビニの軒先で雨宿りしているフリで痛みが緩和《かんわ》するのを待つことにした。

思い出さなくていい、と自分に許可すると、少しずつ遠ざかる痛み。定期受診もなくなったんだから、あえて考えるのは止めよう。

授業が終わったら読んでくれるだろうという予測に反し、すぐに既読マークがついた。

『打ち上げ花火　きれいだったよね』

『今年はこっちのおじいちゃんの家に戻ってくるの？』

『どうだろう。部活の予定がなかなか立たなくて。行けたとしても浴衣は着て行かないよ』

考えを見透かされたような気がして焦《あせ》った。なんて返事しようかと迷っているうちに時間が過ぎていく。

『コンビニアイス　チョコミント味また増えてるし』

結局、どうでもいいメッセージを送ってしまった。

『夏といえばチョコミントだよ　一度くらい試してみてよ』

表示された文字をそっと人差し指で触れてみる。

『ていうか授業中だろ？』

スマホの画面に『13：42』と表示されている。

『今日は期末テストの最終日だから半日で終わった　もう家にいるよ』

『もうそんな時期か　俺はそういうのがないから気楽』

これまでに何度も告白しようとしてきた。中三の時なんて受験勉強どころじゃないほど陽花里のことで頭がいっぱいになった。でも、どうしてもできなかった。

同じ高校を受験することが決まっていたこと。四人組が継続されるのなら告白してしまったらぎこちなくなってしまうこと。入試直前になり、陽花里の東京行きが決まったこと。

告白できなかった理由をいくら並べても、俺が行動に移せなかったことは事実だ。

友だちのままでいい。なにげないメッセージのやり取りができなくなるほうがよっぽどつらいから。

断られる前提で行動する自分が嫌だけど、こればかりはどうしようもない。

『テストどうだった？』

好きだという気持ちを込めてメッセージを送る。

『ヤマカンが外れちゃった　ちなみにヤマカンは、山本勘助《かんすけ》からきてるって説もあるんだって』

陽花里はスタンプや絵文字は使わない。それどころか写真さえ送ってくれない。

昔から真面目な反面、どこか抜けている陽花里は、四人組の中で緩衝材みたいな役割だった。俺と悟志が言い争いになった時も冷静にそれぞれの意見を分析し、よくわからないたとえ話を使って煙に巻いた。

陽花里とＬＩＮＥをすれば、心が穏やかになる。東京に行ってからは会えなくなったけれど、こうしてつながっていることを実感できている。

気づけば雨は上がり、さっきまであった頭痛も消えている。

RPGで言うなら、陽花里はヒーラーなのかもしれない。

スマホがまた震えた。

『ふたりは今なにしてるの？』

ふたり？　意味がわからず返信に困っていると、次のメッセージが届く。

『佳澄と悟志と今日遊ぶって言ってたよね？』

「あ！」

思わず声を出していた。そういえば一方的に会う約束をされたっけ。

『ヤバい　帰るわ』

送信ボタンを押してから駆け出した。スマホのスケジュール帳に入れておくつもりが、それすらも忘れていた。忘れっぽいのも、あの事故で頭を強く打ったからだろうか。

事故のあと、加害者の男性は病室に泣きながら謝りに来たそうだが俺は覚えていない。事故を起点として前後数カ月間をワープしたような感じだ。

ようやくアパートの前まで来ると、庭の桜の大木は雨のせいでうなだれて泣いているように見えた。

ああ、また坂下さんが階段に座っている。俺の部屋の前にいるのは悟志と佳澄だ。俺に気づき、やれやれと揃《そろ》って肩をすくめている。

カンカンと音を鳴らして階段をあがっても坂下さんは桜の木を見つめているだけ。通り過ぎようとしたその時だった。

「体調がよさそうですね」

その声に思わず足を止めていた。坂下さんの目線はまだ桜の木に向いたままだ。俺に話しかけたのだろうか？　それとも気のせい？

「……え？」

遅れて問い返す俺に、坂下さんはゆっくり俺に顔を向けた。

「頭痛のことです。よく顔をしかめているのを見かけたものですから」

いつものぼんやりした目ではなく、まるで俺を透視《とうし》するかのようにじっと見つめてくる。

「いえ、さっきまでは……」

そう言いかけて、説明する必要もないことに気づき、ペコリと頭を下げて先を急ぐ。いや、逃げ出す。

ほぼ初めての会話だろうが、声にも無表情ってあるんだな。平坦《へいたん》な声に、得体の知れない恐怖に似た感情を抱いた。階段を上りきる直前に、坂下さんは言った。

「どうすれば頭痛が治るのか、わかります。困った時は声をかけてください」

ふり返るが、坂下さんはもう桜の木に視線を戻している。

やっぱりおかしな人だ。頭痛のことは母にでも聞いたのだろう。返事をせず部屋の前へ行くと、悟志が「え？　え？」と俺と階段のあたりを交互に見た。

「今、ひょっとして坂上《さかがみ》さんとしゃべってた？」

「坂下さん、な。いいから入れよ」

もどかしくカギを開けふたりを中へ入れる。

乱暴に靴を脱いだ悟志が、俺のコンビニ袋を奪うとソファにダイブした。佳澄は「もう」と文句を言いながら靴を脱いでいる。

「サトが悪いんだよ。ちゃんと確認しとけって言ったのにさ」

「んだよ。佳澄がＬＩＮＥで聞いてくれれば済んだことだろ」

「あたしはスタンプ専門なの」

めんどくさいことが嫌いな佳澄は、ＬＩＮＥを含めたＳＮＳには最低限しか参加していない。一応四人でのＬＩＮＥグループは作ったものの、見ていない様子で既読マークはいつもひとつ少ない。個別でＬＩＮＥをしてもスタンプでしか返してこない。

「悟志は悪くない。俺が忘れてたんだよ」

そう言う俺に佳澄は、

「だからそれを含めて確認しろ、って言ってんの」

ツンとあごを上げ、俺の前を通り過ぎた。少し見ない間に佳澄の髪が栗色に変わっていることに気づいた。

「髪、染めたの?」

「ちょっと前に染めたの。トヨナンは校則が緩いしね」

気づいてもらえたのがうれしいのだろう、遅刻の理由に言及することなく佳澄もソファに腰をおろすが、俺は逆に動けなくなる。

「なんか……陽花里の髪の色に似てない?」

「似てるっていうか同じ色にしてもらったの。あたしが陽花里にあこがれてること、知ってるでしょ」

当たり前のように言う佳澄に、「そう」と返すのが精いっぱいだった。

「ほら見ろ」と悟志が身を乗り出す。

「オレは反対したんだぜ。光瑠が陽花里に余計に会いたくなるだろ、って。なのに、こいつ全然聞く耳を持たねえんだよ」

「あたしが何色に染めようが関係ないでしょ。ていうか、さっさと告白しなかった光瑠が悪いんだよ」

矛先《ほこさき》が自分に向いたことを知り、背を向けて冷蔵庫へ向かう。

「告白なんてしないし。お前ら、俺と陽花里をくっつけようブーム、まだ終わってないのかよ」

強がりだと気づかれないようにおどけながら、冷蔵庫から麦茶を取り出す。入れ物の半分もなかったので、コーラのペットボトルも持って行く。

改めて佳澄の髪を見ると、やはり陽花里の髪色とそっくりだ。けれど、陽花里の髪の色は染めてのことじゃない。

初めて陽花里に会ったのは小学一年生の時。両親に連れられ入学式へ向かう途中、校門の前で写真を撮《と》っている親子連れを見た。それが、陽花里だった。

彼女の髪はあとで見ると濃い栗色だったけれど、力強い朝日の中、金色に輝いて見えた。

あの日から俺はずっと友だちを演じている。

「オレ、これもーらい」

真っ先にチョコ味のカップアイスのフタを開けた悟志が、チラッと俺を上目遣《うわめづか》いで見てきたので苦笑する。

「食っていいよ」

「あたしはストロベリーね」

遠慮のないヤツらだ。仕方なくバニラ味のカップアイスを取り、無理やりソファにケツを押し込んだ。子どもの頃は余裕で三人座れたのに、今ではぎゅうぎゅうだ。

「そういえばさ」と、うまそうにアイスを口に運んだ悟志が言った。

「今日って受診日だったろ？　なんか言われた？」

「それがさ、これからは頭痛がひどい時だけ行けばいいんだって」

「マジで⁉」

悟志が小さな目を見開いてよろこんでいるが、佳澄は浮かない顔になってしまう。

「でも、記憶は戻らないままなんでしょう？　ちゃんと定期的に病院に行ったほうがよくない？」

「バカ。医者がいい、って言ってんだからいいんだよ」

悟志がそう言った途端《とたん》、

「誰がバカよ！　サトだって筋トレバカじゃないのよ‼」

佳澄は目を吊《つ》り上げた。

「うるせー。佳澄のほうこそダイエットバカだろうが」

言い合うふたりを見てうらやましいと思った。俺たちは四人組だけど、このふたりはケンカするほど仲がいいってやつだ。俺だって昔は陽花里と時間を忘れて話をするほど仲が良かったのに、今じゃ距離に邪魔《じゃま》されている。

「とにかく、あたしはちゃんと思い出したほうがいいと思うよ」

まとめるように佳澄が言い、悟志はぶすっと唇を尖《とが》らせた。これ以上言い合うと、ケンカになると判断したのだろう。

「それについてはもうあきらめた。猪熊……医者は思い出させようとするけど、一生のうちの数カ月間なんて思い出せなくても平気だし」

そう、大したことじゃない。大事なのはこれからどうやって生きていくかだ。

そう思うのと同時に、本当にそうか？　と疑念を抱く俺もいる。もし記憶が戻ることで頭痛が治るなら、そのほうがいいに決まっている。

記憶の底を覗いてみようと意識を集中してみる。これまで何度もしてきたけれど、そのたびに、ほら、また頭痛が顔を出す。

「そんな顔すんなよ。ほら、食べかけだけどオレのアイスやるから食えよ」

「あたしのもあげる」

さっきまで敵対していたふたりが協力して慰めてくれる。でも、もとを正せばそのアイスは俺のだ。

陽花里は今頃なにをしてるのだろう。昔みたいな四人組にいつか戻れる日は来るのだろうか。ここから東京は、あまりにも遠い。

ふたりはくれたはずのアイスを同時に手元に戻し、同じ動きで口に運んでいる。一緒にいる時間が長いせいか、俺たちは昔から兄妹と間違われることも多かった。

「そういえば、さっき陽花里とＬＩＮＥした。花火大会の日、来られるかどうかわからないってさ」

俺の報告に、佳澄がズイと胸を前に出した。

「陽花里はあたしにだってとっくにＬＩＮＥくれてますぅ。いちばん仲良しなのはあたしだってこと、忘れないでよね」

「わかってるよ」

苦笑する俺に、「ならよろしい」と佳澄がソファにもたれた。悟志と一瞬目が合ったが、反応する前に大きなあくびをかましてきた。

「食べたら眠くなるわ。期末が終わってホッとしてんのかな」

窓の外に目を向けると雨上がりの空は青かった。

「四人でまた花火を見たいな。ほら、去年は天気が悪かったからさ」

去年の夏、俺の体調は最悪だった。頭痛がひどいし記憶も混乱していて、部屋で塞《ふさ》ぎ込んでいた。が、花火大会の日の天気は雨。なんとか花火は打ち上がったそうだが、雲のせいであまり綺麗に見えなかったと聞いている。

「今年は陽花里に会えるのかな」

思わずつぶやいてしまったことに気づき、「いや」と声量を上げた。

「そういう意味じゃなくってさ。俺たちはずっと一緒だったから」

もどかしそうに言葉を選ぶと、悟志は「だな」とうなずいてくれた。

「そのためにもお前はまず、自分の体調を治せよ」

「そうだよ。そのためには失くした記憶を思い出すこと」

「こいつの言うことは気にするな。別に記憶喪失が頭痛の原因じゃねえんだろうし」

「なんでよ！　どっちにしても光瑠が元気ないと、陽花里が心配しちゃうでしょ」

また言い合うふたりから逃げるように駐車場へ視線を向けた。

ずっと俺たちは四人でひとつのチームだった。四人の友情を何度も誓《ちか》ったし、これからも変わらない。なのに、陽花里はもうこの街にいない。

遠くで暮らしはじめてから、前よりもずっと陽花里のことばかり考えている。

わかってる。ぜんぶ、わかっている。

恋愛感情を持った俺がぜんぶ悪いのだから。

陽花里に心配させたくない。その気持ちでアイスを無理やり口にかき込んだ。

もうすぐ、夏が来る。

ふたりを見送るついでにスーパーへ行くことにした。アイスの在庫を増やすなら、コンビニよりもスーパーのほうが安い。雨は上がっているが、念のため折りたたみガサをエコバッグに入れておく。

一階へ下りると、桜の木の下に坂下さんが立っていた。木にもたれてうつろな目で空を見上げている。

「またいるし。坂下さん、だっけ？」

耳元で悟志が尋《たず》ねた。

「そう」

「前に住んでた人のほうが百倍綺麗だったよなあ」

「声がでかい。聞こえるだろ」

慌てて注意しても悟志はどこ吹く風。ふたりは道に出ると手をふり帰って行った。

俺もさっさとスーパーに行こう。歩き出そうとする前に、雑草を踏みしめる音が耳に届いた。ふり向くと、坂下さんがまっすぐこっちに歩いてくる。

俺の前に立った坂下さんは、叱られたあとの子どもみたいに口をへの字に結んでいる。

こんなに間近で見たのは初めてだったが、思ったより肌は白くて陶器のようにつるんとしている。けれど表情は不機嫌なままだ。

「あ、すみません。あいつ失礼なことを……」

さっきの悟志の発言を聞かれてしまったのかもしれない。謝る俺に坂下さんは眉《まゆ》をひそめた。

「あいつというのは、嶋悟志さんのことですか？　それとも古賀佳澄さんのことですか？」

「……は？　なんで名前を知ってんだよ」

思わず低い声になってしまった。が、坂下さんはぱちくりと一回まばたきをするだけ。

「だから、なんで名前を？」

「昔から存じておりますけど」

そっけなく言ったあと、坂下さんは困惑したような顔になった。

「申し訳ありませんが、私、人と話すのが苦手なんです」

この発言には心底驚いてしまう。

「自分から話しかけてきたのに？」

ムッとして尋ねると、「ああ」と抑揚《よくよう》のない声を出したあと、坂下さんは緑色の台板を押しつけるようにして渡してきた。

「厳密には話しかけたわけではなく、これを渡しに来ただけです」

たまに玄関のドアポケットに差し込んである回覧板だ。

「期限が近いので申し訳ありませんが、急いでご返却ください」

そう言ったあと、用は済んだとでも言わんばかりに踵《きびす》を返してしまったので「あの」とひと言で呼び止めた。

「なんであいつらの名前を知ってるんですか？」

坂下さんはしばらくうしろを向いたままだったが、やがて聞こえるくらいの大きさでため息を吐いてから体ごとふり返った。

「あなたは潮野光瑠さん。お友だちのお名前は、先ほども申しましたように嶋悟志さんと古賀佳澄さん。昔は、よく四人一緒に遊んでましたよね。もうひとりのお名前は、三井陽花里さんです」

「な……」

あんぐりとだらしなく口を開けてしまった。なんで、陽花里の名前まで……？

「私、高二の時からこのアパートに住んでいるので、光瑠さんが小さい時からたまに見かけておりました。瑠実《るみ》さん――あなたのお母様とは最近はお会いしませんが、昔から存じあげております」

「え……待ってください。じゃあ、101号室に住んでいた……あの女性って」

あやうく『綺麗な女性』と言ってしまうところだった。

「そういう反応には慣れております。メークや服装にこだわらなくなったからといって、あなたに迷惑をかけているわけではないでしょう？」

そう言われるとなにも言い返せない。

「あ……はい。別にそういう意味では――」

「責めておりません。ただの質問です」

そう言うと、坂下さんは『もう見るな』とでも言いたそうに顔を伏せてしまった。

これまでろくに顔も見なかったせいで気づかなかったが、よく見れば同じ人だと言えなくもない。

桜の木が俺の動揺とリンクするように葉を大きく震わせた。バタバタと溜《た》まった雨粒が雑草に降り注《そそ》ぐ。ああ、また桜が泣いている。

「不躾《ぶしつけ》なことを言ってしまい申し訳ありません」

頭を下げる坂下さんに、

「いえ」

そう答えるのが精いっぱいだった。

「三年前から管理人をしております。坂下凪咲《なぎさ》と申します」

その時期に引っ越してきたと思っていたが、管理人になってからこの容姿に変えたということだろうか？　俺の疑問を掬《すく》うように、坂下さんは自分の恰好《かっこう》を見下ろした。

「無理やり管理人を押しつけられて以降、着飾るのを止めたんです」

そう言うと、坂下さんはパンツのポケットから取り出したペンを渡して来た。

「申し訳ありませんが、内容を確認して、回覧板に済のサインをいただくことは可能でしょうか？　実は回覧板を回し忘れておりまして。昼間も家にいるあなたの家から先にサインをいただこうかと思ったわけです。内容についてはのちほどお母様にお伝えください」

「あ、はい」

サインをしながら気づいた。俺が昼間も家にいることを坂下さんは知っている……？

確認印を押すところにサインをしてから、「あの」と意を決して言葉にした。

「俺……学校をサボってるわけじゃないです。それに悟志たちも今日は――」

「それも存じております」

回覧板を受け取ると、坂下さんは再び俺に視線を戻した。風にあおられた前髪が坂下さんの顔を隠し、象徴的に見える高い鼻が前にいた女性と重なった。やはり同じ人だ。

「光瑠さんは去年の九月、私立豊辺創生《そうせい》高校の通信課程に編入されたのですね。嶋悟志さんと古賀佳澄さんは私立豊辺南高校に通われていて、今日は期末テストの最終日ですので半日で下校されました」

「うわ……」

なんでそこまで知ってるんだよ。思わずヒイてしまう俺に構わず、坂下さんはしゃべり続ける。

「三井陽花里さんは中学を卒業後お見掛けしておりません。あなたのお父様もまたしかり。あなたが小学三年生の時に家を出られて以降、一度もここには来られていません。断っておきますが、瑠実さんから聞いたことばかりじゃありません。時々階段のところで嶋悟志さんと古賀佳澄さんがお話をされていますし、コンビニで豊辺南高校に通う生徒さんたちが期末テストの話をしているのを聞きました。総合的判断でお話ししているので間違っている情報もあるかと思いますが」

まるで決壊《けっかい》したダムのように一気に話す坂下さんに恐怖を覚えた。ここまで他人のことを知っているのは気持ちが悪い。

「あなたは去年、高校の入学式当日、交通事故に遭ったと新聞記事で拝見しました。お友だちの話からは記憶喪失だと想像がついております。顔をしかめているのは、思い出そうとするとひどい頭痛に襲われるから。以上です」

唖然《あぜん》としていると、坂下さんは急にスイッチの切れた人形のように動かなくなってしまった。もう俺がいないかのようにぼんやりとした瞳に戻っている。

なんだこの人は……。これまで遭ったことのない人種に遭遇《そうぐう》した気分だ。

一秒でも早くこの場から逃げ出したい。スーパーに行ってアイスを買うのなんてどうでもよくなっていた。

でも……。わずかな好奇心が俺の口を開かせた。

「すごい記憶力ですね。俺が記憶喪失ってことまで知ってるなんて」

坂下さんはしばらく黙っていたが、やがて俺に再び視線を合わせた。

「うらやましいです」

なんのことかわからずに首を軽くかしげてみせると、坂下さんはスッと目を細めた。

「記憶を失うなんて、うらやましいことです」

これまでと違い感情を含んだ言い方が、逆に俺をカチンとさせた。

「なにがうらやましいだよ。なんにも知らないくせに」

荒い口調になる俺にかまわず、坂下さんは自分の言葉に納得するようにうなずいている。

「知らないからこそ言えるのです。本当にうらやましいです」

「は？」

謝るどころか追い打ちをかけてくる。やはりこの人はどこかおかしい。怒りがお腹の中で音もなく爆発し、一気に喉元までせり上がってきた。

「あのさあ！」思わず大声を出していた。

「たまたま聞いたって言ってるけど、それって盗み聞きだろ。ていうか、いつも階段のとこに座ってるけど、管理人ならちゃんと仕事しろよ。どこもかしこも雑草だらけじゃないか。何年放置してんだよ」

きっと俺の顔は真っ赤になっているだろう。感情を爆発させる俺から目を逸《そ》らせ、坂下さんは桜の木を緩慢な動きでふり返った。

あたりを見渡したあと、再び俺に視線を戻した。

「おっしゃる通りですね。善処します」

頭を深々と下げて部屋に戻っていく坂下さんを、俺はただ見ていることしかできなかった。

俺の話を聞くと、母と佳澄は顔を見合わせた。

「おばさん、その人のこと知ってるの？」

食器を下げながら尋ねる佳澄に、母は首をかしげた。

「凪咲さんでしょ？　知ってるもなにも光瑠が小さい時から住んでるじゃない」

夏休みに入り最初の日曜日の昼前、突然、佳澄が家にやって来た。悟志は部活だそうだ。

母が三人分の昼食を用意し、食べ終わるタイミングで坂下さんのことを尋ねたのだ。

「やっぱりそうなんだ。俺、ちっとも覚えてないけど」

この数日、昔のことを思い出そうとしたけれど、やっぱりあの綺麗な女性と同じ人だとはどうしても思えなくて。

洗い物をする佳澄に代わり、母が目の前の席に着いた。右手にはどら焼きが握られている。

「あの人忙しかったからね。管理人になってからは人が変わったように身なりに気を遣わなくなって挨拶もあまり返してくれなくなったわね」

「にしても愛想悪すぎだろ」

あの日言われた言葉が、魚の骨が喉に引っかかったように残っている。記憶喪失になったことを、周りには『たった数カ月の記憶だし』と平気なフリをしているけれど、他人から言われるのは許せない。

お茶を飲んだ母が「ああ」と小さく吐息を吐いた。

「でも何度かあなたの面倒を見てくれたことがあったのよ。ほら、お父さんが家に帰ってこなくなった時に――」

「やめろよ。その話はしたくない」

俺らを捨てて行った父の話なんてしたくない。

母は「はいはい」と言い、湯呑をキッチンに運ぶ。洗い物をしていた佳澄がチラッとこっちを窺《うかが》うのがわかった。

気づかぬフリでソファに移動し、テレビをつけた。お笑い芸人がはしゃぐ声がうるさくて、すぐに消した。

「じゃあ行ってくるわね。佳澄ちゃんまたね」

「はい、行ってらっしゃい」

母が仕事に出かけると、洗い物を終えた佳澄がやってきたので窓際にずれる。どすんとソファに座った佳澄が、なにも言わずに俺を見た。

「……なんだよ」

「言いたいことくらいわかるでしょ。おばさんにいつもあんな態度なわけ？」

しばらく無言を貫いたが、観念して肩をすくめた。

「別に、普通だって」

「普通じゃないから言ってんの。だいたい管理人さんの話題を出したのはあんたのほうでしょ」

「そうだけど、あいつの――父親の話だけはしたくないんだよ」

俺たちを捨てて行った男。なのに、母はなにかにつけてあいつの話をしたがる。なつかしそうに未練たっぷりに。

ふう、と聞こえるようにため息を吐いた佳澄が、黒色のスマホを取り出した。

「あんたにピッタリなスタンプを送ってあげる」

「いらないし」

「もう送った」

ローボードの上のスマホがぶるんと震えた。渋々画面を開くと、犬だか猫だかよくわからないキャラクターが現れた。顔は猫っぽいが耳が垂れていて、どう見ても犬。そいつの口から出た吹き出し枠に赤文字で『反省しなさい』と書かれていた。

「ひでえ」

「だってそうでしょ。過去のことで今の関係が悪くなるなんて最悪。おじさんの話をしたくないのはわかるけど、だからっておばさんに冷たい態度を取っていいことにはならないでしょ」

　佳澄は昔から理路整然と正しいことを説いてくる。わかってる。そんなこと、言われなくてもとっくにわかってるんだよ。

「光瑠」と佳澄は、久しぶりに『あんた』ではなく名前で呼んだ。

「もしも、の話はよくないけど、今、過去に戻れたなら、おじさんのほうを選ぶの？」

　父は昔から家にあまり帰ってこなかった。たまに帰ってきてもいつも不機嫌で、たまにやさしくしてくれた。

　あの日、久しぶりに帰宅した父は、母とふたりして俺に頭を下げた。ふたりが離婚することを告げられ、その場でどっちについて行きたいかを聞かれた俺は……。

「どうでもいいよ。昔を思い出してなんの意味があるんだよ」

　つぶやくと、佳澄はまたしても同じキャラクターのスタンプを送ってきた。今度は『なるほど』と書いてある。

　ソファにもたれ、天井の壁紙を見る。俺は無力だった。与えられた悲劇を受け入れるしかできなかった。

「選ばない……と思う」

「でしょう」

わかっていたかのように間髪《かんはつ》容れずに佳澄は言った。

「小学生の時に出した答えは正しかったたってこと。あんたは『俺のせいで』ってよく言ってたけど、そんなわけないじゃん。ふたりが離婚したのはふたりのせい。おじさんもおばさんも、あんたのせいだなんて一ミリも思ってないんだから」

「わかったわかった」

「わかってない。おじさんのことはどうしようもなかったこと。あんたが取り組むべきなのは、交通事故の後遺症のほうなんだからね。ちゃんと記憶を取り戻しなさいよ」

「悟志はそのままでいい、って言ってただろ」

「サトの話じゃない。あんたがどうしたいか、ってことだよ。今のままじゃ、陽花里だって心配でたまんないと思うよ」

「ああ……だな」

陽花里はＬＩＮＥでも体調のことをいつも心配してくれている。俺はバカ正直に頭痛の状況について報告していた。佳澄の言うことも一理ある。

記憶を取り戻せたなら、この痛みも消えるのだろうか。

しんみりした雰囲気に気づき、「ていうか」と声に力を入れた。

「このキャラなに？　流行《はや》ってんの？」

人差し指でスマホを指した俺に、「嘘！」と佳澄は声を上げた。

「え、『わにゃん』を知らないなんてヤバくない？　絵本にもなるくらい有名なのに。しかもこの吹き出し枠つきのやつ、抽選でしか当たらないスタンプなんだよ。この広い世界でたった百人！　あたしが選ばれたなんてすごくない？」

そんなことを言われても知らないものは知らない。そもそも応募数が少なかったのでは、と思ったが口にするのは止めておいた。

LINEを辿《たど》ると、最後に陽花里からメッセージが来たのは一昨日《おととい》のこと。俺は『来週の花火大会　帰って来られそう？』と送ったが、既読マークはついているものの返信はなかった。

佳澄がテレビをつけると、さっきのコーナーは終わったらしく、スマホの新機種を紹介している。右下に『続々登場！　夏の新機種!!』というテロップが表示されている。

陽花里のスマホは桜によく似た薄いピンク色。今も同じ色の機種を使っているのかな。

俺のスマホは青色で悟志はシルバー、佳澄はなぜかいつも黒色ばかりを選んでいる。

「陽花里ってさ」

と佳澄が言った。

「うん」

「字だけでしかＬＩＮＥ打たないよね。スタンプが苦手なんだって」

「写真も嫌いだしな」

「あたしは逆に文章が苦手。だって短い文章じゃ絶対に伝わらないもん」

俺は写真を送ったりもしたけれど、陽花里は自分の顔が嫌いだと言って一度も送ってこなかった。履歴を見返すと、スタンプも絵文字もない文章だけのやり取りが続いている。

……会いたい。

込み上げてくる想いを、もう何千回と押しとどめてきた。

記憶も、想いも、俺自身が封印《ふういん》したのかもしれない。以前、猪熊さんがそんなことを言っていた気がする。

夏まつりで陽花里に会えたなら、ちゃんと気持ちを伝えよう。高校を卒業したら、俺が東京にある大学に進学したっていい。

「陽花里の住んでるのって江戸川区ってとこだっけ？」

「都立江戸川第二高校って言うくらいだから、そうなんじゃない？」

テレビを観たまま答える佳澄にホッとした。

佳澄はきっと俺の気持ちに気づいている。俺も、佳澄が悟志を好きなことに気づいている。確認したことはないけれど、友だちのルールを破ることになるからお互いに口を閉ざしている。

俺はその誓いを破ろうと思う。


八月三日、土曜日の朝九時。やけに外からにぎやかな声が聞こえ、目を覚ました。

新聞を取るついでにドアの外を見ると、今日から二日間おこなわれるまつりに参加する法被《はっぴ》姿の人たちが大勢歩いている。

いよいよ夏まつりがはじまったのだ。

陽花里の浴衣姿がオートマチックに浮かぶのと同時に、激しく頭が痛んだ。

「マジかよ……」

これまでは、事故で失った記憶について考えると頭痛がしたはずなのに、この数日は過去のことならなんでも痛みに直結してしまうようになっている。

やっぱりあんな短期間の記憶なんてどうでもいい。それよりも、陽花里との思い出まで汚《けが》されたみたいでムカつく。

新鮮な空気でも吸うか。特に効果があるわけでもないのに、頭痛がひどい時はドアの外の手すりにもたれてぼんやり外を眺めることが多い。

右手に持ったままのスマホには陽花里からのメッセージが表示されている。

雲行きが怪しくなったのは三日前のこと。夏風邪《かぜ》を引いたらしく、昨日の夜の時点でもまだ高熱が続いているそうだ。

『まだ熱が下がらなくて　明日また連絡するね』

昨夜届いたメッセージに俺は、

『無理するな　ゆっくり治せばいいよ』

と返事を送った。それを最後に、連絡が途絶えている。

昔から陽花里はよく熱を出していたけれど、まさかこのタイミングで寝込むなんて……。楽しみにしていたぶん、ショックも大きい。

俺たちが参加するのは明日の花火大会だから、ギリギリ猶予《ゆうよ》はある。でも、たぶんダメなんだろうな……。

ひどく蒸し暑い朝だ。手すりもだんだんと熱を帯びていているのがわかる。

一階からドアの開く音がした。ひょいと顔を出し下を眺めると、坂下さんがいつものトレーナー姿でだるそうに緑の葉が生い繁った桜の木へ向かっている。右手には大きなゴミ袋をぶら下げている。

根元にしゃがみ込んだ坂下さんは、生い茂る雑草をむしり出した。

「ヤバ……」

いつの間にか桜の木を中心に地面の土が姿を現している。どうやら草むしりを進めている様子だが、その原因は俺が苦言を呈したせいだ。

草と格闘していた坂下さんが、ポケットから取り出したゴムで髪をひとつに縛った。あいかわらずつまらなそうな顔をしている。俺もあんな顔をしているんだろうな。

坂下さんが体の向きを変えたタイミングでこっそり部屋に戻った。エアコンをつけ、ソファに横たわると同時に新聞を取り忘れたことに気づいたが、どうでもよくなった。

窓から見える空は絵の具で塗りつぶしたように青々しくて、雲ひとつない。子どもの笑う声が遠くに聞こえている。

『おはよう　体の具合はどう？』

陽花里にメッセージを送ってから起き上がる。さっきより少しは頭痛が治まっている。

最近は頭痛に支配される時間が長く、アイスを食べる気力もない。食事量も減っていて、母に心配をかけている。

――記憶を戻せばぜんぶもとに戻るのだろうか。

そんなわけがない。なんでも記憶喪失に結びつけるくらいなら、いっそのこと記憶喪失であることも忘れてしまいたい。鈍痛《どんつう》が常駐《じょうちゅう》しているような日々に終わりが来ればいいのに。

坂下さんは俺の過去をスラスラと話していた。失くした過去をもっと知っているかもしれない。そういえば、最初に会話した時に、頭痛の治し方を知っていると言っていたよな……。

聞いてみたいが、俺のせいで草むしりをする羽目《はめ》になったことを怒っているに違いない。

こんなふうに悪《あ》しき出来事を自分のせいだと思ってしまう自分を止めたい。

しばらく考えたあと、俺は着替えることにした。


「ありがとうございます」

そばに立つ俺に気づいた坂下さんが、開口一番そう言った。

「え？」

「手伝ってくれるのでしょう？　その恰好を見ればわかります」

夏というのに長袖のジャージに着替えたからそう思ったのだろう。なにも答えず近くにしゃがみ込み、「はい」と軍手を差し出した。

「素手《すで》だと草で手を切るから」

言い訳をしているみたいだ。坂下さんはニコリともせず頭を下げ、軍手を受け取った。

なんて暑い日だ。せめて日が落ちてからやればいいのに。

彼女は軍手をはめると俺の存在なんて忘れたように草むしりを再開した。こんな対応にもだんだん慣れてきている。俺も同じようにしゃがんで草を取りはじめた。

放置しすぎたのか、雑草は引っ張っても根が張りすぎていてブチンと途中で切れてしまう。根元から取ろうとすれば大量の土がぎっしり引っついてくる。

ふいに日が翳《かげ》ったかと思ったら、目の前に坂下さんが立っていた。

「取りにくい草はスコップで取るといいです」

差し出されたスコップ。太陽のせいで坂下さんがどんな表情をしているのかわからない。額からこぼれる汗を拭《ぬぐ》いながら受け取った。

「スコップを雑草の周りに差し込んで、文字通り根絶やしにするのです」

そう言うと、坂下さんはもとの位置に戻った。

ザクザクとスコップを入れていくと、すんなりと雑草を取ることができた。こぼれる土を払いゴミ袋に入れていく。

「頭痛がひどいのですか？」

手を動かしたまま坂下さんがそう言った。自分に尋ねられていることに気づくのが遅れた。なんで俺の頭痛のことを知っているのだろう。ああ、前にも言われたっけ。

「なんで……わかるんですか？」

聞き返す声は、自分のじゃないみたいに乾いていた。

「痛みに耐えている人はよくそういう顔をされていますから」

「俺、そんな顔してますか？」

「顔をしかめて口をへの字に結んでおられます」

前ほどの嫌な感覚はなかった。

「前に頭痛の治し方を知ってるって言ってましたよね？　……どうすれば治りますか？」

ようやく坂下さんの動きが止まったかと思うと、体ごと俺に向いた。

「国際頭痛分類において、頭痛は約三百種類あるとされています。一次性頭痛と二次性頭痛にわかれておりますが、一次性頭痛は頭痛そのものが病気です。片頭痛《へんずつう》や緊張型頭痛、群発頭痛などがあります。二次性頭痛は脳やほかの疾患《しっかん》により引き起こされる頭痛のことです。どの頭痛かによって対処方法も変わってきます」

まるで目の前に医学書でもあるようにスラスラと淀《よど》みなく話している。

「片頭痛から説明しますと、タイやドイツ、スウェーデンに比べて日本の有症率は低めです。日本においては約八・四パーセントの人が片頭痛を抱えていますが、男性が三・六パーセントに対し、女性は十二・九パーセントと高くなっております」

泉のようにあふれる知識を聞くのがだんだん楽しくなってきた。

「年齢における有症率も女性の四十代が十八・四パーセントと最も高く、続いて三十代女性が十七・六パーセン……」

そこまで言うと、我に返ったように坂下さんは目を伏せた。

「すみません。また余計なことを言ってしまいました」

「いや、俺が聞いたことだし。あの、先日はすみませんでした。カッカしてしまって情けないです」

こんなふうに素直な気持ちを言えたのはいつ以来だろう。桜の木にセミがやってきたらしく、鳴き声が降り注いでくる。まるで木が泣いているみたいだ。

「私こそ失礼なことを言ってしまいました。昔からそうなんです。なんでも記憶に残ってしまうので、ついしゃべりすぎて嫌われます」

自嘲《じちょう》するように口角《こうかく》を少し上げた坂下さん。初めて見る笑みに慌てて目を逸らした。

「なんでも、ってなんでも、ですか？」

「ええ、なんでもです」

はっきりとそう言うと、坂下さんは立ち上がった。

「木の下でお待ちください。脱水症状を引き起こしそうですので、水分を持ってまいります」

「え、でも……」

返事も待たずに坂下さんは自分の部屋に戻ってしまった。桜の木の根元に腰をおろすと、木陰を吹き抜けるぬるい風が頬の熱を冷ましてくれた。

なんでも記憶に残るなんて、そんなことありえるのだろうか。頭痛の説明は単なる知識なのではないかと疑ってしまう。もしくは虚言癖《きょげんへき》があり適当に話しているとか？　だって、何でも記憶に残るなら、どんな難しい大学にも入れるし、どんな仕事にだって就けるじゃないか？　こんな所で管理人なんかしてないんじゃないか。

ポケットに入れていたスマホが震えた。慌てて軍手を外《はず》してスマホの画面を見ると、陽花里からメッセージが届いている。はやる気持ちで、もどかしくロックを解除する。

『やっぱり明日は行けそうもないです　ごめんなさい』

ああ、なんだ……。仕方ないことだとわかっていても、いたわるようなメッセージを送ることができないまま、画面がスリープモードに入ってしまった。

いつまでたっても片想いのままなんだな、と悲しくなった。

突然首筋に冷たい感触がして「うお！」ヘンな声を上げてしまった。坂下さんが俺の首筋になにか当てている。

「凍らせたペットボトルの水です。もうひとつはおでこに当ててください」

目を白黒させる俺の横に座ると、立てた膝《ひざ》を抱くような恰好で俺を見やった。

「これは熱中症対策です。ある程度体が冷えたら飲んでください。ちなみに頭痛の対処法で冷やすか温めるかは分類により変わってきます」

「あ、はい」

自分のぶんのペットボトルのフタを開けると、坂下さんは小動物が飲むくらいの量を飲んでフタを閉めた。額が汗で濡れ、頬も陽光にキラキラ反射している。

「あの、さっきの話ですが……よかったら詳しく教えてもらえませんか？」

「その前にお水を飲んでください」

素直に水を飲むと、少し頭がすっきりした気がした。

「人は――」そう言ったあと、坂下さんは自分を励ますように肩で息を吐いた。

「人は覚えたことの約八十パーセントを忘れる生き物です。残り二十パーセントの記憶を積み重ねて生きていくのです」

「八十……そんなにですか？」

残り二十パーセントしかない記憶だけで生きているなんてとても信じられない。

「詳しくお伝えしますと、二十分後に約四十二パーセント、一時間後に約五十六パーセント、一日後には約七十四パーセント、一週間後には約七十七パーセント、そして、一カ月後には約七十九パーセントを忘れるとされています」

たしかに昨日あった出来事を朝から順にすべて思い出すのは不可能だ。それが三日前や一週間前ならなおのこと、ぼやけているだろう。

坂下さんは結んでいた髪を解《ほど》き、首を軽く横にふった。ボサボサの髪、ねずみ色のトレーナー姿の瞳が、どこか愁《うれ》いを帯びて見えた。

「私は物心がついた時から、見たこと聞いたことをすべて覚えています。いつどこで誰がどんな行動をしたのか、なにを言ったのか、本や雑誌、新聞に書いてあることも一字一句記憶に刷り込まれているのです」

「嘘だろ」

思わず出た言葉を急いで呑《の》み込むがもう遅い。坂下さんの顔をまじまじと見つめる俺に、坂下さんはまた少し口角を上げた。悲しみ笑いだと思った。

「『超記憶症候群』という名前がつけられており、世界で何十人かの症例が確認されています」

「その……病気なんですか？」

「ああ、はい」とうなずく坂下さんの横顔が急に硬くなった。

「何でも覚えているということは、つらいことも、嫌な記憶もすべて鮮明に思い出してしまうのです。私の両親は医者でして、昔は毎日のように脳波などを検査させられました。記憶テストは何百回されたかわかりません。耐え切れなくなり、高校二年生――あなたと同い年の時に家を飛び出し、ここに住みはじめました」

「え……高校二年生から？」

　俺と同い年の時からひとりで住んでいるってこと？

「就職するまでは援助をしてもらっていましたが、その後は疎遠《そえん》。医者の不養生《ぶようじょう》とはよく言ったもので、数年前に両親ともに亡くなりました。ああ、この例《たと》えはふさわしくないです。ふたりとも揃って事故に遭ったものですから」

　思い当たることがあった。１０１号室に別の人が引っ越してきて管理人になったと思ったのは三年前くらいだ。その頃に両親を亡くしたのかもしれない。

　こういう時、なんて声をかければいいのかわからない。どんな言葉でも慰めにならないと思ってしまう俺は、語彙《ごい》力もやさしさも持ち合わせていない冷たい人間だ。

「人は無意識に、覚えていたいことと忘れたいことを選択《せんたく》している。なぜかと言えば、そうしないと生きていけないから。すべてを記憶することほどつらいことはないからです。実際、消してしまいたい記憶も薄れることはなく、執拗《しつよう》に私を攻撃してきます」

「ああ……」

勝手にため息がこぼれた。陰口や傷つけられたこと、目の前で起きたいやなことのすべてを覚えていたとしたら、悲しくて仕方ないだろう。

「先日、あなたに『うらやましいです』と言ってしまったのはそういう理由です。申し訳ありませんでした」

やっぱりいい返しが思いつかず、首を大きく横にふった。記憶を失った俺と、なんでも覚えている坂下さんは真逆だ。けれど、記憶というワードで言えば、同じ苦しみを味わっている仲間なのかもしれない。

「光瑠さんは記憶を失ったと聞いております。それは事故が原因ですか？」

「そうだと言われてます。けど、事故の前後数カ月、ぽっかり穴が空いたような感じで、自分でもよくわかりません」

「主治医はどういう方針ですか？」

淡々とした声に、心のガードが緩くなるのを感じた。

「思い出したほうがいいって言われてます。でも、思い出そうとするとひどく頭痛がしてしまって……。だから、もういいんです。思い出したくないんです」

「嘘ですね」

きっぱりと坂下さんは宣言するように言った。

「固執《こしつ》するのは、本当は思い出したいから。あなたが、じゃなく、光瑠さんの心が求めているのでしょう。個人的な意見を申しますと、失った記憶を取り戻すべきだと思います」

「わからない。言ってる意味がわかんないよ」

ぐにゃりと脳がねじ曲がったような気がした。

「だって俺は思い出したくないって本気で思ってるし。それに、いくら思い出そうとしても思い出せないものは思い出せない」

「私があなたの記憶を取り戻します」

「え……？」

ハッとして坂下さんを見ると、真剣な顔で俺を見つめている。

「坂下さんが……？　前にもそんなこと言ってたけど、できるわけない」

軽く笑うと、坂下さんはムッとした表情になった。

「私の記憶力をバカにしないでください。あなたのことで見てきたものはなんでも覚えています」

——思い出すな。オモイダスナ。

脳の中で警告音が鳴っている。俺の内側から誰かが必死で叫んでいる気がした。ひどく頭が痛い。こめかみを押さえると、やけに太陽がまぶしく感じた。夏がゆがんでいる。

「じゃあ、事故以外のことではどうですか？　なにか心に引っかかっていることがあれば、私の記憶の範疇《はんちゅう》であればなんでもお答えしますけれど」

ヘンな人だ。俺の心にズカズカと入ってきやがって。

そこまで考えて、ふと思い出した。

「じゃあ、うちの父のことも覚えているんですか？」

「もちろん。あなたはお父様についてどう思われて——ああ、表情だけでわかりました。嫌な記憶なのですね」

俺の返事を待たず、坂下さんはそんなことを言ってきた。

「でも母は、あいつをいまだにかばっている。口にはしないけど、いい思い出にしようとしてる。俺たちは捨てられたっていうのに。マジで信じられない」

「そうするしかないんですよ。嫌な記憶ほど脳にこびりついて離れてくれません。自分が生きていくためには美談に変えるしかない。そこからなにかを学んだ、と自分に言い聞かせるしかないんです」

　見ると坂下さんの表情はわずかに曇っている。

「試しに、父のこと教えてくれますか？」

「承知いたしました」

　冷静な口調でそう言ったあと、坂下さんは立ち上がった。いつものぼんやりした目ではなく、口元もなにかを決心したようにキュッと結ばれている。

　ゴホンとひとつ咳払いをしたあと、坂下さんはすう、と息を吸った。

「お父様につきましては、昔から何度もお見かけしてましたから、なにがあったのかお伝えすることはできます。最後まで黙って聞いてくれますか？」

「はい」

　心臓がギュッと痛くなった。気づかれないように口の中で小さく深呼吸をした。まっすぐ見つめ返す俺に、坂下さんは言った。

「あなたのお父様はクソ野郎でした」

「は？」

「最後まで聞く約束をしたばかりです」

　ぴしゃりと言われてしまい、慌てて口を閉じた。今、なんて言った……？

「言葉の意味はそのまま、クソみたいな人間ということです。よく階段のところで電話をされていましたし、あなたやお母様がいない時を見計らって部屋に人を上げるのも見ました。詳細は伏せますがほとんどが、借金の嘆願、親戚と思われる人や知人への恫喝《どうかつ》、あとは女性関係です」

沈没船が海上に向かって浮かび上がるように、少しずつ父の面影《おもかげ》が脳裏によみがえっていく。

「気に入らないことがあると大声を出したり、壁を蹴《け》ったり、あとは私を口説《くど》こうとしたこともありました。まだ私が見なりに気を遣っていた時代の話ですが」

「…………」

「とにかく」と坂下さんはボサボサの髪をかき上げた。

「お父様はあなたを愛していたかもしれませんが、愛し続けることはできなかった。それでもあなたのお母様は立派な方です。あなたを父親に会わせようと努力しておられましたが、たぶんお父様は――あの男は、拒否をしたのでしょう。当然ですよね、逃げた末に借金を押しつけての離婚ですから、合わせる顔がなかったのでしょう」

不思議だ。想像の何倍もひどいことなのに、一度観た映画を何年かぶりに再鑑賞しているような気がする。内容は覚えていないのに、ひとつひとつのことに思い当たる節《ふし》がある。

父はいつも不機嫌だった。父はいつも母を泣かせていた。父は俺を――俺たちを捨てた。

「大丈夫ですか？」

上半身を折り、顔を近づけてきた坂下さんにうなずく。

「しっくりきました。ああ、そっか……」

悔《くや》しいというより、謎が解けたみたいにスッキリした気分だ。

「けれどお母様の気持ちも尊重してあげてください。痛みを癒《いや》すための嘘につき合うことこそが、本当の愛だと思うのです」

「言っている意味、少しだけわかります」

そう言う俺に坂下さんは「じゃあ」と静かな声で言った。

「ご自身できちんと願ってください。記憶喪失の期間のことを思い出す、と。そうすればあなたを苦しめていることから解放することができます」

はっきりと断言する坂下さんは、いつもと同じボロボロの見た目なのになぜか美しく思えた。それは昔の綺麗な恰好をしていた時以上に。

「解放って、頭痛も治るってことですか？」

「そうです。頭痛を乗り越え、記憶を取り戻す。その上で、忘れてしまえばいいんです」

思い出してから忘れる。そうすれば視界が、毎日が、気持ちが、少しは明るくなるのだろうか……。

「どうしてそこまでしてくれるんですか?」

尋ねる俺から視線を外し、坂下さんは豊かに繁る桜の葉を見上げた。しばらくの間、心の中で桜の木と会話しているような沈黙が続いた。

「私にも昔、ひとりだけ大切な友だちがいました。いえ、春にしか会わなかったので『春だけの友だち』と呼ぶべきでしょう」

なつかしむような瞳の奥に、悲しみが存在している気がした。なにも言えないでいると、坂下さんはあきらめたように肩で息を吐いた。

「当時の私は家出をしてここに転がり込んできたばかりでした。今よりももっと愛想もなく、この世に絶望していたんです。それを救ってくれたのが『春だけの友だち』でした」

「もう、会えないんですか」

「わかりません」と坂下さんはゆるく首を横にふった。あきらめのほうが勝《まさ》っているような言い方に聞こえた。

「どこでなにをしているのか、生きているのか亡くなっているのかさえわからないんです。もし、光瑠さんに大切な人がいるなら、私のようになってほしくなくて声をかけさせていただきました」

風が俺たちの間を吹き抜けた。彼女の髪が激しく踊り、力尽きたようにその顔にかかった。

「俺は……」

激しくなる頭病をこらえ、俺はゆらりと立ち上がった。

「思い出したい。俺が忘れてしまったことを思い出したい」

どんなに痛みにうめこうと、もう迷いたくない。俺をじっと観察したあと坂下さんは言った。

「それでは明日、待ち合わせをしましょう」

と。


「なんだよそれ」

悟志の声は、祭囃子《ばやし》にかき消された。口の動きだけでなんとかわかったものの、珍しく不機嫌な顔全開だ。

日曜日のもうすぐ十九時になろうかという時刻、川の堤防に沿った道路は神輿《みこし》の見物をする人でにぎわっていた。神社に向けて練り歩く神輿に合わせ、ぞろぞろと移動している。

どんどん暗くなっていく空には薄く雲がかかる程度。花火会場の河畔《かはん》に吸い寄せられるように、この街にこんなに人がいたのかと驚くほどぞろぞろと黒い影が集まっている。

「花火を見るならいつもの場所でいいじゃん。ここからだと桜並木が邪魔じゃね？」

橋を渡り切り人波から逃れたところでやっと悟志の声が聞こえた。

「そうなんだけど、ちょっと待ち合わせがあって。こっちのはず」

たしか、ここを右に折れると言っていた。

若干《じゃっかん》人の数は減ったものの、この先には花火の打ち上げ会場があり、そこにもたくさんの人がいるのだろう。

「待ち合わせ？　今から花火がはじまるのに？」

昨日の今日ということもあって、ふたりには話をしていなかった。半信半疑でもあったたし、こんな非日常的なことを真面目に伝えるのもどうかと思った。

「ねえ、あたしそんなに歩けないんだけど」

浴衣姿の佳澄が下駄《げた》を鳴らしてついてくる。一昨年は、陽花里も浴衣姿だった。あまりの美しさに俺はろくに見ることができず、花火が打ち上がった時にチラチラと横目で確認したっけ……。花火に照らされた横顔を今も覚えている。

陽花里の熱は下がったのだろうか。食欲はあるんだろうか。

離れてからは、前以上にもっと陽花里のことばかり考えてしまっている。東京への見送りも入院中だった俺だけが参加できなかったし……。

ピロン。ナビ役のスマホが音を立てた。画面には『目的地に到着しました』と表示されている。

見渡すと、道路の向こう側に長方形の建物が建っていた。夜に溶けるような黒い壁は三階建てくらいだろうか。入り口に立つ坂下さんを見て思わず足を止めた。

坂下さんがいつも通りの恰好だったからだ。ねずみ色のトレーナーの上下に足元はボロボロのサンダル。髪なんていつも以上に乱れている。

近づく俺に、坂下さんは聞こえるようにため息を吐いた。

「前にも申し上げた通り、私は人と話すのが苦手です。ひとりで来られるはずでは？」

「はあ？」と、俺よりも先に佳澄が声を上げた。

「なにそれ。この人すごく失礼なんですけど」

佳澄は信じられない表情で坂下さんの恰好を頭の上からつま先までいぶかしげに観察している。

「せめてメークくらいすればいいのに」

ブツブツ文句を言う佳澄に、坂下さんは初めて聞いた言葉のように目を少し大きくした。

「メーク、ですか。そうですね、善処します」

「その髪だってひどいし——」

「やめろって」

慌てて止める俺を、悟志と佳澄はいぶかしげに見てくる。こんなことなら、最初からふたりに説明するべきだった。

「坂下さんが俺の記憶を取り戻してくれるって言うんだよ。それで来たんだ」

そう言うと、悟志も佳澄も揃ってポカンとした顔になった。

「え……マジで？　それってかなり怪しくないか」

「光瑠、なんか騙《だま》されてるんじゃないの？」

ふたりが言うこともよくわかる。実際、俺だってまだ完全に信じたわけじゃない。

坂下さんは無表情に俺たちを見ていたが、「そうですか」とうなずいた。

「三人ご一緒に見届けたいというわけですね。わかりました」

ズズッとサンダルが砂利《じゃり》を擦《こす》る音とともに、一歩前に出た坂下さんが頭を下げた。

「嶋悟志さん、古賀佳澄さんですね。失礼なことを言いまして申し訳ありませんでした。潮野光瑠さんの住むアパートの管理人をしております、坂下凪咲です。今回はご足労《そくろう》いただきありがとうございます」

ふたりはゴニョゴニョと口の中でなにか言っている。俺も呪文をかけられたみたいにフリーズしてしまう。

「では、参りましょうか」

そう言うと、坂下さんは重厚なドアにカギを差し込んだ。

「ここに入るんすか？」

ほえーと悟志は黒い物体を見上げている。

「ここは両親が持つ別荘のひとつなんです。まつりが好きな両親でしたから、花火がよく見えるここに建てたようです」

「でした、って？」

素直に尋ねる悟志に、

「もう亡くなりましたから」

感情のない平坦な言い方でドアを開ける坂下さん。悟志が目を合わせてきたので、軽くうなずいておく。

「こちらは裏口になります。屋上へ出ますので靴のままお上がりください」

広い建物なのだろう、裏口とはとても思えないほど広い裏玄関の向こうには長い廊下《ろうか》が続いている。これだけで俺のアパートの部屋くらいはありそうだ。

坂下さんが玄関横にある鉄製の螺旋《らせん》階段をのぼっていくのでそれに続いた。

三階ぶんのぼった先のドアを開けると、夜空が大きく広がっていた。二十畳はあろうかという黒いコンクリートの屋上には、丸いテーブルがひとつと、椅子《いす》が二脚並んで置いてあった。暗くてよく見えないが、それぞれに彫刻が施《ほどこ》されてあり、見るからに高そうな代物《しろもの》だ。

「嶋さん、ドアの中にある椅子を二脚こちらへ運んでいただけますか?」

「え、オレ? あ、はい」

素直にうなずいた悟志が、椅子を二脚運んできた。四つの椅子が横並びに並んだ。

「花火がよく見えるね」

さっきまでの不機嫌さを忘れ、佳澄は手すりから身を乗り出してはしゃいでいる。

「準備はできていますか?」

坂下さんが尋ねた。

ふたりは花火見物のことを言われたと思ったのか、いそいそと椅子に座った。

坂下さんはいちばん端の椅子に腰をおろした。

俺があの日の記憶を取り戻せたなら、陽花里もよろこんでくれるだろうか。ポケットからスマホを取り出し、まぶしい画面に目を細めながらメッセージを打つ。

『失った記憶を取り戻そうと思う』

返信は、ない。当たり前か、まだ寝込んでいるだろうし、いきなりこんなメッセージを送られても意味がわからないだろう。

夏休み中に会いに行こう。そうだよ、東京なんて新幹線に乗ってすぐの距離なんだから、さっさとそうすればよかったんだ。

スマホをしまい、手すりに背をつけてもたれた。

「なあ、マジで記憶を取り戻せんのか？　無理して戻さなくてもいいと思うけど」

悟志がそう言い、

「なんでよ。こんなチャンスないじゃん。絶対に思い出すべきだよ」

佳澄が反論した。

「俺も思い出さなくてもいいと思ってた。思い出そうとすると頭が痛くなるし、具合も悪くなる。でも……本当はぜんぶ思い出したいんだよ」

パンと弾《はじ》ける音がしたと思うと、椅子に座る三人がピンク色に染まった。ふり返ると、夜空に大きな花火が咲いていた。ジリジリと火薬の焼ける音を残し、また空は黒色を取り戻す。

思い出すから。ぜんぶ、思い出すから。

遠い空の下にいる陽花里に心の中で声をかけると同時に、ズキンと脳が振動した。いつもの鈍痛ではなく激しい痛みに思わず声を上げそうになる。

「やめとけよ」

大声に意識を取り戻すと、悟志は難しい顔をして太い腕を組んで立ち上がった。その瞳は俺にではなく、左端に座る坂下さんに向いている。

「失った記憶を取り戻したところで過去は過去だろ。別に今が幸せならそれでいいんじゃね？　大事なのは今なんだよ」

聞こえているはずなのに、坂下さんはぼんやりと夜空を見つめている。

「悟志。俺がそうしたいから頼んだんだよ」

そう言うと、悟志は納得できない顔のまま、椅子に深く潜《もぐ》り込むように座った。

やじろべえのように気持ちは揺れる。ネットニュースを見て抱く感想も、寄せられたコメントを読むたびに正しいか否かで揺れ動いてしまう。

今だって自分のしようとしていることは間違いではないか、と疑いはじめている。でもこうして悩むたびに、ほら、脳が痛みを教えている。よろよろと空いている椅子に腰をおろした。

乾いた音のあと、夜空にまた大きな赤い花が咲く。坂下さんがすう、と息を吸う音が聞こえた。

「人は覚えたことの約八十パーセントを忘れる生き物です。残り二十パーセントの記憶を積み重ねて生きていくのです」

この間と同じ言葉を坂下さんが口にした。大きな声でもないのに、まるで耳元で言われているほどはっきりと届く。

「光瑠さんは交通事故に遭い、大切な記憶を失いました。それは、あなたの意志で捨て去った記憶です」

「俺の意志?」

そうです、とうなずくように坂下さんがわずかにあごを動かした。頭痛が通せんぼをするように俺の前に立ち塞がっている。

パンと弾けた音のあと、金色のしだれ柳が夜空に浮かび上がった。悟志と佳澄の表情がはっきりと見えた。その表情は硬く、まるで記憶を取り戻すのを邪魔する敵のように見えてしまい、慌てて顔を逸らすと坂下さんと目が合った。

「思い出せば傷ついたり苦しんだりすることもあります。それを受け入れる覚悟がありますか?」

花火が夜空をにぎわせた。今度は連続で、いろんな色で咲いては消えていく。記憶も同じように覚えたそばから忘れていくものだとしても、花火を見た記憶ごと失くしてしまいたくない。

「お願いします」

うなずく俺に、坂下さんは大きく息を吸ってから吐いた。

「潮野光瑠さん、嶋悟志さん、古賀佳澄さん、そして三井陽花里さん。あなたたちは小学校の入学式で出会いました」

懐かしむような横顔が、花火の色に染まったり暗くなったり。

「それ以降、かけがえのない友人関係を築かれてきました。昔からアパートにもよく遊びに来ていましたね」

「おい」と、悟志が言ったが、坂下さんは気にせずに続ける。

「例えば、小学二年生の十月二日に嶋悟志さんが左腕を骨折した時、小学校五年生の四月二十三日に古賀佳澄さんのおばあ様が亡くなった時などは、お互いがお互いを全力で励ましておられました」

「やめろって」

「皆さんが同じ高校を目指したのは当たり前のことでした。それくらい強い絆《きずな》が――」

「やめろ！」

花火よりも大きな声で悟志が叫び、椅子がもっと大きな音で転がった。

「聞きたくねえよ、そんなこと！　んだよお前、ストーカーかよ！」

悟志の声は聞いたこともないくらい上ずっていて、小刻みに拳《こぶし》が震えている。怒りではなく、まるで化け物を目の当《ま》たりにしたかのような恐怖の顔。

なにか——記憶の底にある。はっきりとした形は見えないけれど、奥底でうごめくなにかが音もなく姿を現そうとしている。

「悟志、座って」

腕を引っ張る佳澄に、

「は⁉　お前どっちの味方なんだよ！」

悟志の怒りは収まらない。腕を払いのけると、今度は俺をにらみつけてきた。

「帰ろうぜ。コンビニに寄ってアイスを買って食おう」

有無を言わさぬ様子が違和感となり、ざらりと俺の疑問を大きくする。

「悟志、なんか隠してるだろ？」

昔から悟志はマズいことがあるとこんなふうにキレていた。大声で虚勢を張り、バレると舞台俳優のように嘆いていた。

しばらく押し黙ったあと、悟志は手すりの方に体ごと向けてしまった。もうこれ以上話をする気はないらしい。佳澄は呆れた顔で薄いピンク色のスマホをいじくりだす。すねた時はいくら話しかけてもスマホのゲームばかりしていたっけ。

花火の音がするたびに、悟志の影が浮かび上がる。いたるところから聞こえる歓声と拍手《はくしゅ》、夜空に広がる花火と火薬のにおい。どれも夢の中の出来事のように思えた。

坂下さんは動じることなく背筋を伸ばしたままだ。

「これから、私が話すことはおそらく事実でしょう。どうか、受け止めてください」

嫌な予感が俺を包み込むのがわかる。事故前後の記憶を手放したのは俺自身。だとすると、これは悲劇につながる序章なのかもしれない。

「あなたたちには強い絆がありました。豊辺南高校へ進学したのも当然のことでした」

ああ、そうだった。俺たちはいつも一緒だった。学校見学にも一緒に行ったし、受験勉強だって誰かの家に集まってしていた。

スマホが短く音を立てた。陽花里からのＬＩＮＥが届いたのかもしれない。

「すみません。少し待ってください」

スマホを取り出すけれど、坂下さんはそのまま話し続ける。

「急遽《きゅうきょ》ご両親の転勤が決まり、陽花里さんだけは東京の高校——江戸川第二高校に進むことになりました。そうですよね？」

スマホの光がやけにまぶしくて、目を細めながらうなずいた。

「けれど、それは嘘の記憶です」

「え？」

操作する指を止めた俺に、

「嘘の記憶です」

坂下さんはくり返した。思わずスマホを落としそうになり、ギュッと握ると画面が消えた。

「嘘の……？」

「人は耐えがたい悲劇が起きた時、無意識に嘘の記憶で塗り替えようとします。そうしないと、悲しみのあまり生きていくことができないからです」

なにを言ってるのかわからない。混乱し出す頭を落ち着かせようと、もう一度スマホのバックライトをつける。

「あなたは記憶喪失になった。それは耐えがたい事実から目を背《そむ》けるためです。そして、これ以上傷つかないために嘘の記憶を作りだしたんです」

「なにを――」

「陽花里さんは東京には行っていません。そもそも江戸川第二高校という学校は存在しません」

そんなわけないだろ。スマホを見ると、陽花里から新しいメッセージが……。

「え……」

LINEにはスタンプがひとつだけ表示されていた。猫なのか犬なのかがわからないキャラクターが『ごめんなさい』と泣いているスタンプが。

連続で花火が夜空に色をつけていく。破裂する音が脳内でこだましてうるさい。うるさくて仕方ない。

「昨年の四月六日、木曜日。『豊辺新聞』の朝刊記事を今でも覚えています」

「は、なにを……」

その時、悟志がゆっくりとふり向いた。滅多に泣かない悟志が、涙を流す時だけに見せるハの字の眉が薄暗い中でも見えた。

頭が――痛い。割れそうなほどの痛みに両手で頭を抱えてすぐに思い出した。陽花里はスタンプを使わない。あのスタンプはたしか……。

スマホに花火の光が当たる。画面に表示されたキャラクターの名前は『わにゃん』で、佳澄が好きなキャラだ。

ハッと横を見ると佳澄は唇を震わせ、頬に涙をこぼしていた。

「新聞記事を読み上げます」

坂下さんがそう言った。

5日午前8時ごろ、豊辺市末広《すえひろ》通1丁目の交差点で乗用車と軽自動車が正面衝突し、弾みで乗用車が豊辺南高校の校門に突っ込んだ。歩行していた女子生徒1人が死亡、男子生徒1人が意識不明の重体となり、生徒4人と保護者2人が重軽傷を負った。

淡々と読み上げられる記事が、夜空をスクリーンにしたかのように映像となり浮かんでくる。

——あの日は、桜が満開だった。花吹雪《ふぶき》が俺たちを祝福してくれるようだった。

豊辺署《しょ》によると、同市豊辺南町2丁目、三井陽花里さん（15）が頭を強く打つなどして死亡した。同市豊辺南町2丁目、潮野光瑠さん（15）は校門との間に挟まれ意識不明の重体。また、運転手と15歳〜16歳の生徒2人は重症。15歳生徒2人と保護者2人が軽傷。5日は豊辺南高校の入学式だった。

——気がつけば病院のベッドに寝ていた。

「嘘だ！」

スマホを開き、陽花里の番号を呼び出す。電話嫌いなことは知っているけれど、今だけは出てくれ。

発信ボタンを押して数秒後、佳澄の手元にあるスマホが震え出した。

「え……なんで」

さっきから佳澄が触っていたスマホは黒色じゃない。薄いピンク色のスマホは――陽花里のものだ。

魂を吸い取られたように体に力が入らず、気づけばコンクリートの床に膝をついていた。

「光瑠！」

佳澄が泣きながら俺の前に崩《くず》れ落ちた。悟志は顔をゆがませながら大粒の涙を頬に流している。

「ああ……」

なんだ、そういうことだったんだ。

一度解けてしまえば、記憶はあっという間に脳裏によみがえっていく。時間がまるで逆戻りしていくようだ。

「陽花里は……死んだのか？」

あえぐように言ってもふたりからの答えはない。そのことが逆に、これが現実なんだと俺を諭《さと》している。

覚えてるよ、誰よりも制服が似合っていたその姿を。悟志も佳澄も満開の桜にばかり気を取られていたけれど、陽花里のうれしそうに笑う顔が愛《いと》おしくて俺は泣きそうになった。

だから夏まつりで陽花里に想いを伝えよう。そう決めたんだ。

「俺は……」

視界が歪《ゆが》んでいく。もう花火は見られない。もう陽花里には二度と会えない。

「陽花里のことが好きだった。ずっと好きでたまらなかった」

「知ってるよ、そんなこと。あたしたち、ずっと知ってたよ！　だから、だから……」

悔しそうに歯を喰《く》いしばる佳澄。悟志は顔をくしゃくしゃにして拳で涙を拭っている。

そうだよな。誰よりもお互いのことをわかっていたからこそ、耐えがたい事実にみんな苦しんできたんだ……。

「光瑠さん」

坂下さんが椅子に座ったままで俺を見つめた。

「あなたは悲劇をなかったことにしました。そうするしかなかったんです。あなたの悲しみを知っているからこそ、ここにいるふたりだけじゃなく、たくさんの人があなたの嘘に合わせたのです」

「合わせる……。陽花里のフリしてメッセージを……佳澄が？」

「ごめん。本当にごめん……」

そうか。佳澄は俺の記憶を戻すためにあえて髪の色を似せたりしていたんだ。

うなだれる佳澄をかばうように、悟志がその肩を抱いた。

「お前、ひどかったんだよ。陽花里が亡くなったって知った時に大声で暴れて、病室の窓を割って飛び降りようとした。それからも思い出すたびに泣き叫んで……。だから、オレたちはお前の世界に合わせるしかなかったんだよ」

遠い記憶に、あの慟哭《どうこく》がうずくまっている。あの日、俺は絶望を感じた。まるで真っ黒な怪物に呑み込まれていくようだった。ガラスの割れる音、みんなが必死で止める声。

「光瑠さんは、壊れていました」

坂下さんが立ち上がった。

壊れていた。壊れていたかった。陽花里のいない世界にいたくないって本気で思ったんだ。

「退院してからアパートで見かけても、幽霊のようにぼんやりと過ごしていました。何度もスマホをいじくってはため息を吐いて、そして泣いていました」

桜の木を見ると、なぜか泣きたくなる。それは、忘れたはずのあの光景を心が覚えているから。

「……思い出したよ」

すべての記憶が俺のもとに戻って来た。

学校に通えなくなり、俺は転校した。陽花里が転校したんだから俺だって……。

ああ、あの頃から嘘の記憶を自分に塗りつけていたんだ。

「ふたりとも、ごめんな」

そう言うと、ふたりは腕を伸ばして俺を抱きしめてくれた。

しばらく泣き続けたあと、あんなにこびりついていた頭痛は跡形もなく消えていた。

ようやく立ち上がると、坂下さんはもう興味を失ったように夜空に目を向けている。

「ありがとうございました」

「いえ、私は別に」

あいかわらずのそっけなさに、思わず笑ってしまった。

「記憶を取り戻した上で、忘れてください。悲しい記憶をこれからの毎日の中で薄めていき、大切な陽花里さんの笑顔だけは覚えておくといいでしょう」

坂下さんは俺の手の中にそっとカギを落とした。

「私は人と話すのが苦手です。けれど、たまにはいいのかもしれませんね。三人……いえ、四人で最後まで花火をお楽しみください。私は、先ほどのアドバイスに従ってメークと髪型を勉強しに戻ります」

「う……」

苦い顔をした佳澄を無視して、坂下さんは一礼して屋上から去った。

俺たちは椅子に腰をおろした。さっきまで坂下さんが座っていた場所に、陽花里が座っている。そんな気がした。

夜空にはまだ花火が咲いている。陽花里にいつか『元気になるから』と誓えるといいな。

今はまだ無理でも、この世界を歩んだ先に君がいる。その日まで俺なりにがんばってみるから。

クリアな視界で見る景色はどれも美しい。もう二度と、頭痛に苦しむことはないだろう。

ひと際《きわ》大きな花火が夜空に大輪を咲かせた。

降り注ぐ光が、あの日一緒に見た花吹雪に似ている気がした。

第 二 章

「今世で君に会いたい」

Residents of Mémoire

Written by Inujun

早見由芽《はやみゆめ》（三十歳）

私には前世の記憶がある。

子どもの頃からあったわけじゃなく、三年前の九月一日、映画の予告編のようにいくつかの場面が突然脳裏に流れ込んできたのだ。

古城にかかるレンガ造りの橋の上に私はいた。目の前には私が全身全霊をかけて愛する彼がマントを風に預けて立っている。私の肩に彼の手が、宝物に触れるようにそっと置かれた。

世界中の悲しみを背負った彼、この先の運命を悟る私。

「俺たちは今世では結ばれなかった。生まれ変わったら俺はすぐに君を探しに行く。来世では必ず幸せになろう」

古城にかかる橋の上で、彼は永遠の愛を誓《ちか》ってくれた。私を見つめる真剣なまなざし、彫りの深い顔に似合う高い鼻と薄い唇。

彼は私になにか握《にぎ》らせると、上から自分の大きな手を重ねた。

「なんでもない物に思えるだろうが、これはふたりの再会の証《あかし》になる。どうか捨てずに持っていてほしい」

あれほど感情のこもった言葉を聞いたことがない。

そして私は生まれ変わった。封印《ふういん》されていた記憶が今、よみがえったのだ。

この世界のどこかで、彼は私を探している。『再会の証』を見せる日が必ず来る。

長い運命を越え、何百年かぶりに私たちは結ばれるのだろう。


「そんなわけないじゃん」

佐藤《さとう》涼花《りょうか》が隣のデスクで呆《あき》れた声で言った。

「そう言うと思ったよ」

肩をすくめてパソコンをチェックするが、クライアントからのメールはまだ届かない。『今日中に申し込みをするので待ってほしい』と、泣きそうな声で電話でお願いされたから定時をすぎても待機しているのに、待ち人はいつだって来ない。

夜のオフィスにスタッフの姿は少なく、今日は私が最後になってしまいそう。そろそろ確認の電話を入れてみようか……。思案する私に「あのさ」と涼花が長い足を組んだ。

「由芽《ゆめ》ってたまにその話するけど、まさか本気で言ってるんじゃないよね？　だって、あたしたちもう二十九歳だよ？　あ、由芽はこないだ誕生日だったから——

げ、三十歳？」

やっぱり前世の話なんてするんじゃなかった。話すたびに現実を突きつけられることはわかっているのに、涼花以外にこの話をできる人はいない。つい残業の合間に話してしまった。

「早見《はやみ》由芽っていう名前の通り、由芽が夢見がちなことは昔から知ってるけど、これは相当重症だね」

佐藤涼花は大学生の時からの友だちだ。とはいえ、当時の関係は同じ学科のひとりというレベルで、会えば小鳥たちがさえずる程度の話をするくらいの仲だった。お互いに違うグループでつるむことが多かったし、サークルも違う。

私は、地元の出版社に就職した。出版社と言っても、地元のお店情報やお出かけスポットを紹介する小冊子や求人情報誌を発行している中規模の会社だ。

まさか、同じ会社に就職が決まったなんて想像もしておらず、入社式で顔を合わせた時は一瞬頭が真っ白になってしまった。配属が同じ求人誌部門だったこともあり、急速に仲良くなった感じだ。もう社会人になってから七年以上経つなんて信じられない。

「いい？　前世なんてないんだよ。それよりも、ちゃんと現実を見なきゃ。なんか、最近の由芽、ちょっと心配なんだけど」

あまりにも真剣な顔で言ってくるので、

「冗談だって。そういう夢を見ただけ。さ、仕事しなきゃ」

軽い口調を意識し、この話を強引に終えた。人が望む言葉を選ぶようになったのはいつからだろう？

ホッとした様子の涼花に、気づかれないようにため息を吐く。まあ、そうだよね。私だって、昔ならこんな話をされても信じなかっただろうし。

だけど、あれは絶対に前世の記憶であり、間違っても夢の話ではない。私の住むアパートの敷地内に立つ桜の木の下で、三年前、前世での記憶が一気によみがえったのだ。洪水《こうずい》のように頭に流れ込む思い出たち、場面のひとつひとつがあまりにもリアルで気づけば涙を流していた。

そして、最後はあの再会を誓う場面。

……誰にも理解されなくていい。

「最近、実家には帰ってないの？」

涼花の問いにうなずくけれど、涼花は「へえ」と身を乗り出してくる。

「お兄さん夫婦となんかあったって言ってたけど、帰れないほどのことだったんだ？」

家を出た当時のことはあまり思い出したくない。

「そういうわけじゃないよ」

無難な返事をし、キーボードのF5ボタンを押してメールを更新した。

「あ、来た」

やっとクライアントからの掲載申込書が届いた。掲載枠は見積もり時よりひとつ小さくなっていたが、とりあえずこれでページは埋《う》まった。空いたスペースには『求人の豆知識コーナー』を差し込めばいい。

「でもさあ」と涼花が伸びをした。

「もうこの会社に入って八年目だよ。一応、お互いにつき合った人はいたじゃん。まあ、由芽はひとりだけだったけど」

最後のほうは、私の反応を窺《うかが》うように上目遣《うわめづか》いで言ってくる。

「涼花はモテるもんね」

そう言うと、涼花は頬を赤らめてうれしそうに口をすぼめた。

涼花と話していると最後はいつもここに流れ着く。『〇年目』の数字が変わるだけで、入社してから今日まで、彼女は幸せを求め続けている。愛知県のはずれに位置するこの街では、出会いもなかなかなさそうだけれど。

「モテても結婚まではたどり着けない。むなしくなるよ、気がついたら『ふりだし』に戻ってるんだもん」

「婚活のほうはどうなったの？」

画面に保存していたレイアウトを呼び起こし、フォルダから最近使っていない『求人の豆知識』をひとつ貼りつけた。

「全然ダメ。使ってた婚活アプリなんて名前はそれっぽいのに、結局は出会い系だったし、婚活パーティは常連さんばっかり。まあ、あたしもそのひとりなんだろうけどさ」

同性から見ても涼花はかわいい。昔から甘え上手《じょうず》だったし、大学生の時もファッションやメークが鮮《あざ》やかなグループに属していた。

「涼花って理想が高いもんね」

「高くないって。そこそこの身長と筋肉と見た目があればいいし、年収だって専業主婦をさせてもらえるならこだわらないよ。あ、長男はNGだけどね」

そういうのを理想が高いって言うと思うけれど、言葉にしたら猛烈な抗議をしてくることは経験済み。「そう」とだけ答えておく。

また脳裏に、あの古城が浮かんだ。朝霧の中で輪郭《りんかく》を滲《にじ》ませて建つ城は美しかった。前世の記憶を取り戻してから、どこの城なのか必死で調べてみたけれど、今のところ見つかっていない。

大事なのは前世ではなく今世で再会すること。そのためにも彼から託された『再会の証』がなにかを思い出さなくてはいけない。

——私はあの時、なにを握らされたのだろう。

「そういえば、シオリンと会うんでしょ？」

帰り仕度をしながら涼花が尋《たず》ねた。シオリンとは大学時代の友だちである詩織《しおり》のこと。三年前に結婚し苗字《みょうじ》が変わったので、杉本《すぎもと》詩織から鈴本《すずもと》詩織になった。

「今度の日曜日にね。三年ぶりだから楽しみなんだ。リカも来るみたいだけど、穂《ほ》乃果《のか》は都合がつかないんだって」

「あー、思い出した。そんな子たちいたね。あたしもそっちのグループだったらなあ。ほかの子とは全然連絡取ってないもん。連絡したら自慢話とかされちゃいそうだし」

詩織とは大学の卒業後もたまに会ったりしていた。詩織が結婚したこととコロナの影響もあってしばらく会えていなかったけれど、ＬＩＮＥはしょっちゅう。電話はたまに。

武藤《むとう》リカや市川《いちかわ》穂乃果とは、私のスマホがクラッシュして以降、直接の連絡は取っていない。

「せっかくだから涼花も来ればいいのに」

そう言うと涼花は一瞬で不機嫌な顔になってしまう。

「冗談でしょ。シオリンがあたしの狙っていた男子と――名前なんだっけ？　とにかく、横取りされたこと、いまだに恨《うら》んでるんだからね」

横取りではない。詩織が彼氏とつき合ってすぐの頃にちょっかいを出したのは涼花のほう。あえなく玉砕《ぎよくさい》した涼花は、それ以降、詩織と話さなくなった。

人は都合のいいように記憶を上書きして生きてゆく。年月は本当の記憶と嘘の記憶の境界線をあいまいにし、やがて上書きされた記憶こそが本物だと信じてしまう。

でも、私の記憶は実際にあったこと。前世から受け継がれたこの命は、もう一度彼に会うためにある。熟成《じゆくせい》されたワインのように深みを増していく愛を抱き、彼に会う日を待っている。

涼花が退社したので仕事に戻ることにした。デスクトップに貼りつけてある求人原稿データとメールの申込書を見比べ、求人内容を修正する。確認用のメールに添付し送信ボタンを押せば今日の仕事は終わり。

会社を出る頃には午後八時を過ぎていた。自動ドアを出たとたん、生ぬるい空気が体にまとわりつく。九月に入ったとはいえ夏はこの街にまだ留まっていて、帰路を急ぐサラリーマンがハンカチで汗を拭《ぬぐ》っている。

住んでいるアパートは豊辺《とよべ》駅の向こう側で、築年数は相当古いものの駅までのアクセスはこの上なくよい。家賃だって相場から見てもありえないほど安いのに半分くらいしか部屋が埋まっていないようだ。

駅の改札口から背の高い男性がバタバタと駆けてくるのを見て、

「あ、仲田《なかた》さん」

思わず声をかけてしまった。「うわ！」と声を上げた仲田さんが急ブレーキで止まった。きょろきょろとあたりを見回し、ようやく私を認めるとうれしそうに駆けてくる。

「早見さん！　偶然ですね」

仲田さんの持ち味は明るさ、人懐《なつ》っこさ、そして声の大きさだ。

私の二年後に入社してきた仲田靖秋《やすあき》さんは二十七歳。学生時代にバレーボールをやっていたそうで、シャツ越しの体は引き締まっている。普段は童顔なのに、笑うと目じりにシワがたくさん入っておじいちゃんっぽくなる。

「こんな時間までお疲れさま。直帰する、って連絡もらってなかった？」

「そのつもりだったんですけど、先月掲載いただいたコンビニのオーナーさんから連絡がきまして、なんと新店舗をオープンすることがさっき決まったそうなんですよ」

風もないのに仲田さんの柔らかそうな栗色の毛がふわりと揺れた。

「オープニングの求人を出してくれるってこと？」

「それはまだ決まってないんですけど、今経営されているコンビニが会社の近くにあるのでお祝いがてら夕飯を買いに行こうかと」

「え、すごい。そのためにわざわざ戻って来たの？」

仲田さんの住む家は電車を乗り継ぐほど遠いと聞いている。

「二店舗目なんてすごいじゃないですか。なんか僕、うれしくなっちゃって。もちろん、求人の件についてもさりげなく打診するつもりですけど」

いたずらっぽく笑う仲田さんに、思わず微笑んでしまった。

前向きで行動力がある彼は、いつもニコニコしている。三歳下とは思えないほどしっかりしてるし、それ以上に愛嬌《あいきょう》がある。

「僕、戻って来てよかったです。早見さんに会えましたから」

そして、彼は人をよろこばせる言葉を知っている。

先月、涼花が耳打ちしてきた言葉が頭によみがえった。

『靖秋くん、たぶん由芽のこと好きだよ』

その時はスルーを決め込んだけれど、仲田くんは前世の彼の生まれ変わりではない。私が愛した彼はもっと寡黙《かもく》で、言葉のひとつひとつを選ぶような人だったから。

「あいかわらずの『人たらし』っぷりだね」

からかい気味に言うと、

「それ言わないでくださいよぉ」

すねた顔になる仲田さん。あまり引き留めては申し訳ないので、「お疲れさまでした」と頭を下げて歩き出す。

ふり向くと彼はもうコンビニに向かってダッシュしている。なんだか、かわいい弟を気にかける姉のような気分だ。

やっとひとりになれたので、すれ違う人をそっと観察する。

この人が前世の彼の生まれ変わりの人なのかな。それともこの人なのだろうか。いつ再会してもいいように、髪もメークも服装も常に気を遣っている。

「きっと、会える」

そのためにも私は、彼からの贈り物である『再会の証』を見つけなくてはならない。

なだらかな坂道をのぼっていると、アパートの屋根の上に丸い月が顔を出していた。古ぼけた建物が銀色の光に照らされて、普段より幻想的に見える。

同居していた兄夫婦との確執《かくしつ》があり、追い出される形で実家を出た私は、三年半前からここに住んでいる。『メモワール』というアパート名はフランス語で『記憶』を意味する。前世の記憶を抱く私にピッタリの名前で気に入っている。

敷地の右手には桜の大木があり、夜風に葉を揺らしていた。

桜の木を見ると、なぜか泣きたくなる。

それは、前世の記憶と重なるから。城の中庭に一本だけ植えてあったオークの木は、この桜の木と同じく豊かな緑色の葉を茂らせていた。春は黄色い花をしだれ柳のように咲かせ、秋になればどんぐりの実を地面にこぼしていた。

「早く、会えるといいな……」

そっと幹《みき》に触れてみる。ごつごつとした力強い感触、葉がささやく音、アパートの上に浮かぶ満月。ここに引越して来た夜に見た桜の木は満開だったけれど今の桜の木は、前世で見たそれとも通じている。

アパートに引っ越して半年後、この木に触れた瞬間、私は前世の記憶を取り戻したのだ。誰にも信じてもらわなくったってかまわない。私自身が信じることこそが大切なのだから。

あとは……と、自分の部屋のドアを見る。彼からもらった『再会の証』を見つけるだけ。

部屋のほうへ歩き出そうとした時、

「すみません」

暗闇から声が聞こえて、思わず悲鳴を上げてしまった。

「あ、私です。坂下《さかした》です」

ゴミ袋を引きずるようにして暗がりから出てきたのが、101号室の坂下さんだとわかり、ホッと胸をなでおろした。

ねずみ色のトレーナーとパンツはいつも通りだけど、最近の彼女は少しだけ変わった。あんなにボサボサだった髪は夜なのに艶《つや》があり、メークもきちんとするようになった。けれど、首から下だけは無頓着《むとんちゃく》らしく、顔とのギャップがひどい。

「驚かせてすみません。草むしりをしておりました」

坂下さんはこのアパートの管理人さんだ。年齢は私よりも少し上だろうが、いつも同じ恰好《かっこう》をしている。前は挨拶《あいさつ》すらなかったのに、最近はたまに話しかけてくる。それどころか、二階に住む男子高校生と草むしりに精を出しているのを何度か見かけた。

「あの……こんばんは」

さっきのひとり言が聞かれていたのだとしたらかなり恥ずかしい。思わず後ずさりをする私を見て、坂下さんは同じ間で詰《つ》めてきた。

「お仕事帰りですか？」

「……はい」

変わったことがもうひとつ。こんな風に話しかけてくるようになった。愛想《あいそ》がよいとは言えないけれど。

「お伝えしたいことがあるのですが、少しだけお時間よろしいでしょうか」

「ま、また今度でいいですか？　明日も早いので」

早く部屋に戻りたい。後ずさりを続ける私をピッタリとマークするように坂下さんがついてくる。

「私は人と話すのが苦手《にがて》です。つまり、私が話したいことがあるということは、大事な業務上の連絡です」

「でも……」

有無を言わさぬように間合いを詰め、

「違反です」

と、坂下さんはニコリともせずに言った。

「違反？」

「火災警報器の点検を拒否されているそうですね。このままでは消防法に違反することになります」

ああ、その話かと思うと同時に、胸にモヤモヤしたものが込み上げてきた。いくらなんでも法律違反は言いすぎだろう。

「拒否しているわけじゃありません」

思わずムッとする私に、

「そうでしょうか?」

坂下さんは感情のない顔と声で言った。

「早見由芽さんが住みはじめてから三年五カ月と十七日が経ちます。点検業者によりますと、これまで計五回訪れていますが玄関のドアさえ開けてもらえなかったとのことです。これ以上、点検を拒否されますと、消防法第九条の2に違反することになります。住宅の用途に供される防火対象物の関係者は、次項の規定による住宅用防災機器《きき》の設置及び維持に関する基準に従って、住宅用防災機器を設置し、及び維持《いじ》しなければならない、というものです。詳細は省きますが、このアパートで未点検なのは早見さんの部屋だけですし、管理人としましても火災保険の更新ができない状況になると非常に困るのです」

消防法を暗記でもしているのだろうか、驚くほどスラスラと坂下さんは説明した。

「いつ点検できるのかお決めいただけますか? 土曜日にしますか? 日曜日にしますか?」

ゴミ袋が音をたてて地面に落ちても尚、坂下さんは間合いを詰めてくる。こんなに強引な人だったっけ……。

「す、すみません。ちゃんと予定を調べてみますから、また今度にしてください」

お腹に力を入れて言葉にすると、坂下さんはネジが切れたおもちゃみたいにピタリと足を止めた。

「わかりました。夜分に失礼いたしました。おやすみなさい」

スローなお辞儀《じぎ》を残して去っていくのを確認してから、部屋のカギを開ける。本当は郵便ポストを見に行きたいところだけど、坂下さんにまたなにか言われてはかなわない。

不思議な人だ。管理人の仕事だけで生活できているのだろうか。そもそも、半数の部屋が空いているし、大きなマンションでもない限り管理人なんて普通はいない。

部屋のドアを少し開け、体を滑《すべ》り込ませる。照明はすぐにはつけない。外から家の中が見えないようにドアを閉め、カギをかけてから手探りでスイッチをつけた。

玄関先までゴミが――ううん、私にとって必要な物が積み重なっている。靴を二足置くのがやっとのスペースしか玄関には残っていない。短すぎる廊《ろう》下《か》には新聞紙が積まれていて、その向こうに本や雑誌、漫画本などが小さな書店を開けそうなくらい積み重なっている。

ダイニングのドアを開け照明をつければ、廊下よりもさらにたくさんの物がジェンガのようにそびえ立っている。ひとつ崩《くず》れれば雪崩《なだれ》が起きそうなほどの物、物、物。

キッチンにはペットボトルの詰まったゴミ袋がいくつもあり、そのラベルは隣にある紙袋に入っている。さすがに火を使うガスコンロ近くに物はないが、棚からあふれた食器が何枚もあるし、中には割れてしまった物も。

ダイニングに置いてあるソファも、今や背もたれの部分しか見えない。どれも縛ったりケースに入れたりしているので散乱しているわけではないけれど、テレビのリモコンですら物の海に沈没したまま。他の部屋も同じくらいの物であふれているけれど、いわゆるゴミ屋敷とは違うのは、食べ物のカスがひとつもないことだ。

ここに引っ越してきて三年半、その後、前世の記憶を思い出した時から物が捨てられなくなった。

毎晩、会社から帰宅するたびに『自分はおかしいのではないか』と心配になる。使う物、使わない物や壊れ物までも保管しているせいで、この部屋は物に占拠《せんきょ》されている。

点検業者なんて入れるわけにはいかない。こんな状態を見られたら、それこそ消防法に引っかかりそうだし、坂下さんにバレた日には追い出される可能性だってある。

「絶対ダメ……」

着替えを済ませ寝室へ。ここだけが唯一、物のない部屋だけれど、それも時間の問題だろう。すでに衣装ケースは満杯になりクローゼットの扉も開けられないほど服がかけてある

もう少し……もう少しで、きっと『再会の証』が見つかるはず。

最初は手に載《の》るような小物だけを取っておいたのに、今では手に入れた物をすべて捨てられなくなった。うっかり捨ててしまったら、彼との再会が果たせなくなる。

だとしたら、私が今世で生きている意味がなくなってしまう。

三年ぶりの再会だとしても、会えば一瞬で懐かしい空気に包まれるから不思議。

喫茶店の前で詩織を見つけるなり、どちらからともなく手を取り合い、さながら学生時代に戻ったかのようにはしゃいでしまった。席に着いてからも、メニューを選ぶのを忘れるほどお互いの近況を報告し合った。

「由芽が元気そうでよかった」
昔から感動屋だった詩織、今もそれは変わらないらしくハンカチで涙を拭ってい
る。
「詩織も元気そう。あ、改めて結婚おめでとう。今じゃ鈴本詩織さんなんだもん
ね」
左手に光るプラチナリングはシンプルなデザインで、昔から派手好きじゃなかっ
た詩織らしいチョイスだ。短い前髪も肩までの黒髪も、あの頃のまま。
「もう三年経つから、すっかり新婚気分は抜けちゃったけどね」
「すごくうらやましい。私も早く結婚したいな」
誰でもいいわけじゃないけど、と心の中でつけ加えた。
桜の木の下で前世の記憶がよみがえった夜、詩織に電話をかけたことを覚えてい
る。あれは詩織が結婚式を挙《あ》げる三日前だった。
絶句した詩織が信じてくれたものだと思ったけれど、そうじゃなかった。電話の
向こうで『大丈夫《だいじょうぶ》?』と心配されて以降、この話は封印している。
「今日は実家に泊まるの?」
そう尋ねると詩織は「うん」と首を縦にふる。
集まるのに三年ものブランクがあったのは、詩織の旦那《だんな》さんの仕事が影響してい

る。転勤の多い職場らしく、結婚してすぐに勤務先が埼玉県に変わり、今では宮城県に住んでいるそうだ。

「ちょうどパートを辞めたタイミングだし、せっかくだからしばらくは実家でのんびりするつもり」

「こっちにいる間にまたお茶しようよ」

「会ってすぐに次の約束をするなんて、由芽ってあいかわらずせっかちだね」

笑い合う私たちに合わせるように詩織のスマホがぶーんと震えた。

「リカ、急いで向かってるって。遅刻癖はあいかわらずだね」

聞かれているわけでもないのにヒソヒソ声になる詩織。昔に戻ったみたいでなんだかくすぐったい。

「で、今日こそは詩織のウエディングドレス姿の写真、見せてくれるんでしょう？」

詩織は昔から恥ずかしがり屋で、何度催促《さいそく》しても結婚式の写真を送ってくれなかった。学生時代につき合っていた人も、どんなつき合いをしているのかも話したがらなかったし、別れたこともずいぶんあとになってからボソッと報告していたほど。

催促する私に、詩織がキュッと口をすぼめた。たっぷり間を置いたあと、詩織は「ううん」と首を横にふった。

「恥ずかしいからいいよ」

「え、なんで？」

私なら前世の彼と結婚を挙げることができたなら、全世界に向けて発信したいくらいなのに。

モゾモゾと居心地が悪そうに腰の位置を直すと、

「そもそも私、結婚式をしたくなかったから」

詩織はためらうようにそう言った。

そういえば結婚が決まってから、ずっとそんなことを言ってたよね。結局、ふた
りの実家があるこの街で身内だけの小さな式を挙げたと聞いている。

やはり季節は確実に進んでいるらしく、アイスコーヒーがやけに冷たく感じた。

「今日って穂乃果は来られないんでしょう？」

尋ねると、詩織はこくりとうなずいた。

「すごく忙しいみたい」

「そっか」

東京で働いているリカとでさえ、実家に戻って来たタイミングで偶然行き会った
ことがあるのに、同じ街に住んでいるはずの穂乃果とは長い間会っていない。

「最後に四人で集まったのっていつだっけ？」

アイスコーヒーが汗をかいている。雫《しずく》がグラスに線を描きながら紙製のコースターを滲ませていく。

「どうだろう」と詩織は首をかしげた。

「それぞれに会うことはあったけど、全員集合したのってかなり前のことかも。たしか……就職した年の大晦日《おおみそか》に集まったっきりじゃない？」

ああ、と思い出した。その日は雪が降っていて、リカが実家に戻って来たタイミングで、ここで近況報告をしたんだ。

学生時代の友だちなんてそんなものなのかもしれない。スマホがクラッシュしてからＬＩＮＥのアカウントを新たに作り直したものの、新しいＩＤは詩織にしか教えなかった。偶然リカに会った時も、その話にならなかったし向こうも聞いてはこなかった。穂乃果に至っては、どんな顔だったかさえぼやけているし……。

いまだに交流が続いているのは詩織だけ、それも三年ぶりの再会だ。

カランコロンと入り口の鐘が鳴るのと同時に、

「お待たせ！」

店中に響き渡るほどの大声を上げ、リカが向日葵《ひまわり》色のワンピースを躍らせながら駆けて来た。

「もう、聞いてよ。実家に荷物を置きに行ったら近所のおばさんに捕まっちゃってさ。ひどいんだよ。『リカちゃんはあいかわらず派手ねぇ』とか『結婚しないのはどうしてなの？』とか言ってくるの。全然派手じゃないし、誰よりも結婚したいって思ってるのにさ」

一気にまくしたてたリカは詩織の横の席にどすんと腰をおろし、ラミネートされたメニューをうちわ代わりにあおぎだす。

「絶対、今頃、近所の人に言いふらしてるに決まってる。だから田舎《いなか》って嫌なのよ。すみませーん、アイスティーのレモンをひとつ」

ようやく落ち着いたのだろう、リカはメークの濃い顔で私たちを交互に見た。

「ふたりを見るとホッとしちゃう。詩織なんていつぶりよ。三年は経ってるんじゃない？」

「だね。リカも変わらないよ」

詩織の返事になぜかリカはアイラインの濃い目を大きく見開いた。

「ちょっとそれって誉《ほ》め言葉になってないって。上京した人には『洗練された』とか『垢抜《あか》けた』って言わなくちゃ。これでもすっかり都会に染まってるつもりなんだから」

学生時代からリカはグループのリーダー的存在だった。穂乃果も同じくらい自己主張が強くて、ふたりで合コンなどによく出かけていた。涼花とも何度か同じ合コンで会ったと聞いている。

私と詩織はそういう場所が苦手で、必然的にふたりより親密になっていった。

「文具メーカーに勤めているんだよね？」

詩織を助けようと話題を変える私に、リカは首をかしげた。

就職活動で決めた事務の仕事を半年で辞めて以降、いくつも転職をしたリカは、最終的に文具メーカーの社員になったと聞いている。

「違うよ」と答えたのは詩織のほうだった。

「リカは今、動画編集をする会社に勤めてるんだよ。ね？」

「そうなの。一大決心をして転職したわけ」

唇を尖《とが》らせるリカに、素直に感心した。

「昔から動画編集をしたいって言ってたよね。夢を叶《かな》えるなんてすごい」

「叶ってないって。家族経営みたいなあんまり大きくない会社だし、今はまだ営業とか契約ばっかり担当させられてるし」

肩をすくめながらもうれしそうにリカはほほ笑んでいる。やりたいことを仕事にできるなんてすごいな……。

「で」と、リカが私に顔を向けた。

「由芽はどうなのよ。結婚した、なんて言わないでよね」

「まさか」

即座に否定すると、リカはホッと大げさに胸をなでおろしてみせた。

「また先を越されたんじゃないかって心配してたの。ほら、前に街で会った時、新しいＬＩＮＥのＩＤの話が出なかったじゃん？　そういうことなのかな、ってさみしかったんだよね」

あっけらかんと言うぶん、罪悪感がずしんとのしかかってくる。

「教えなかったんじゃなくて、とっくに教えたものだと思ってたんだよ」

すぐに見抜かれるような嘘をついた。ＬＩＮＥのＩＤなんて詩織に聞けばわかることなのに、私はそうしなかった。

勝手に新しいアカウントを作り直したことやＬＩＮＥグループから抜けたことを、みんなはどう思っているのだろう……。

「ん」と、リカがスマホを開いたので、自分のＩＤを画面に表示させた。

リカのアイコンは変わっておらず、お気に入りの顔写真にさらに修整をかけまくったもの。学生時代から同じだね、とツッコミたい気持ちをこらえた。

私が避けたのだろうか。それともお互いが自然に離れて行ったのだろうか。

前世の記憶がよみがえった日を境に、私は変わった。本当に会いたい人がわかったことで、これまでの人間関係を見直した。そんな感じがする。

「これからは連絡してよ。あたしもするからさ」

「もちろん」

証明として早速スタンプをひとつ送った。

「彼氏はいないの？」

「いない」

「ひとりも？」

「うん」

防戦一方の会話が懐かしい。リカは自分が納得するまで相手を質問攻めにする癖があった。

ふと、穂乃果の顔が頭に浮かんだ。艶のあるストレートの茶髪は穂乃果のトレードマークで、就職活動の時ですら元の色に戻すのを嫌がっていた。

リカが彼氏にフラれるたびに、私たちはよくファミレスに集まった。『あたしのなにがいけなかったの？』とドリンクバーのコーラをビールのようにあおるリカに、『そういうところだよ』と、穂乃果は人差し指を向けた。

『しつこい性格って、男からしたら恐怖でしかないからね』

意志をはっきりと言葉にする穂乃果をかっこいいと思うのと同時に、少し怖《こわ》くも思った。

穂乃果は今頃どこでなにをしているのだろう。

「ねえ、穂乃果とは連絡を取っているの？」

尋ねると、リカは食べ物でも詰まったかのように首をクッと下げてから、

「さあ」

と、そっけなく言った。

モヤッとした泥《どろ》のような感情がお腹の中に生まれたのがわかる。

ひょっとしたらまたケンカでもしているのだろうか。ふたりは学生時代ケンカばかりしていた。合コンでの会話のことや好きなアイドルのこと。些細《ささい》なきっかけから言い争いになり、何日も口を利《き》かなくなることもあった。

「ひょっとして、ケンカとかしてるの？」

勇気をふり絞《しぼ》って尋ねた。リカはアイスレモンティーをストローで執拗《しつよう》にかき混ぜてから諦《あきら》めたように手を離した。くるくると二回転してストローは力尽きた。

「そんなところ。あの子の話はしないで、嫌な気持ちになるから」

やっぱりそうだったんだと思うのと同時に、ホッとしている自分に気づいた。今日の集まりに穂乃果が来ないと聞かされた時にも、同じ色の感情を抱いた。

そっか……私はずっと穂乃果のことが苦手だったのかもしれない。詩織と視線を合わせると、困ったように眉《まゆ》をハの字に下げている。

「それよりさ」とリカは話題を変える時に使う接続詞を口にした。

「詩織は結婚できていいよね。あたし、まさかこの歳まで独身でいるなんて思わなかったもん」

「私は別に……」

自分にターゲットが移ったことがわかったのだろう、詩織は困った顔で小さく手を横にふり、逃げるようにトイレに立ってしまった。

「くそ、逃げられたか」

苦笑するリカが急に頼もしく思えてしまう。リカのことを避けてしまっていたのは、穂乃果といちばん仲が良かったからかもしれない。ずっと仲良し四人組だったけれど、深層心理では穂乃果のことが苦手で、社会人になってからは彼女と親しい人ごと避けてきたんだ。

長い謎が解けたような気がする。だとしたら詩織はもちろん、リカとももっと仲良くなりたい。

前世の記憶のことをリカに話してみるのはどうだろう。詩織には一度否定されてしまったので、どこかでふたりっきりで。でもそれって、詩織を裏切る行動にも思える。

「実はさ」とリカがそっと顔を近づけてきた。

「あたし、彼氏ができたんだ」

「え、ほんとに？」

「今の会社の違う部署《ぶしょ》の人。詩織が戻ってきたら自慢コーナーになるから覚悟してね」

ああ、リカが前に会った時よりも輝いて見えるのは、仕事もプライベートも充実しているからなんだね。

「じゃあ次はリカが結婚する番だね」

「まだ気が早いって。つき合いはじめたばっかりだし。まあ、結婚したいとは思ってるよ」

リカがぽわんとした顔で言った。

私も前世の彼に会えたなら、すぐにでも結婚したい。そのためにも『再会の証』を見つけないと……。

「まあ結婚がすべてじゃないとは思うんだよ？　でも、やっぱり身近に幸せな人がいるとうらやましくなっちゃうよね」

「うん」

悩ましげに前髪をいじくりながらリカは「だってさあ」と唇を開いた。ピンク色のグロスが照明の光を吸収しているように見えた。

「詩織の結婚式、本当に素敵だったもん」

――けっこんしき　ほんとうに　すてきだった　もん
「ああ、うん……」

　一瞬、耳を疑ってしまい、反応が遅れた。

――今、なんて言ったの？

　呆然《ぼうぜん》としながらも口元には笑みを浮かべておく。心のざわめきが洩《も》れないように口はギュッと閉じた。

　詩織の結婚式にリカが参列した。波のように押し寄せてくる事実に、こらえるのに必死で続く会話が頭に入ってこない。

　リカはもう東京での職場について文句を言っている。社長がワンマンとか、同僚が感じ悪いとか。

　トイレから詩織が戻ってくるのが見えた。友だちだと思っていた人が、ほほ笑みながら席に着いた。

　月曜は最悪のコンディションだった。寝不足のせいでメークも馴染《なじ》まないし、食欲もない。

仕事でも、求人原稿の最終確認をし忘れたり、見積書の金額を多く記載してしまったりとミスを連発した。

ぜんぶ、リカが言ったなにげない言葉のせい。あの言い方だと、リカは詩織の結婚式に出席したことになる。何度も聞き間違いとか、リカが結婚式の写真を見ただけかもとか、衝撃を回避する方法を考えた。そのたびに余計に傷ついてしまい、ふたりに問いただすことができないまま喫茶店の前で別れた。

「誠に申し訳ありませんでした。失礼いたします」

相手が電話を切るのを待ってからフックをおろすと、今日何度目かのため息が出た。日曜日の出来事が写し絵のように脳裏に浮かびそうになり、ブンブンと首をふって渋滞《じゅうたい》している仕事をこなしていく。

「大丈夫？　手伝えなくてごめんね」

ロッカーで帰り支度を終えた涼花がまたフロアに戻ってきた。

「うん。あと少しで終わらせる」

いくらでも仕事はあるけれど、今日は限界点を突破している。早く帰って横になりたい。なにも考えずに眠りたい。

これから涼花は趣味であるベリーダンス教室に出かけるそうだ。朝よりもくっきりとしたメークにタイトな栗色のシャツとニットカーディガンがよく似合っている。

「で、シオリンは元気だったの？」

手鏡で仕上がりを確認しながら涼花が尋ねた。

「……うん」

遅れた返事を取り戻すように、わざと肩をがっくり落としてみせる。

「詩織は結婚してるから当然だけど、リカにまで彼氏ができたんだって」

涼花は鏡をにらみながら鼻から息をふんと吐いた。

「あの子って今もすっごく派手じゃんね？　相手の人も派手なのかな」

「そうかもね」

と答えながら、どうしようかと思案する。今日はミスだらけで涼花とゆっくり話す時間もなかった。昨日の事を話したい気もするけれど、もうすぐ涼花は教室に向かうだろう。

「あの、さ――」

こういう時、自然に言うことってすごく難しい。

「涼花はさ……詩織の結婚式には出席してないんだよね？」

パソコンに目を向けたまま尋ねた。

「なんで私が身内だけの結婚式に出なくちゃいけないのよ。あのね、前も言ったけど私はシオリンに対して深～い恨みがあるんだからね」

その言葉に嘘はないように思える。でも、信じていいのかわからない。誰もが私に嘘をついているような怖さがある。

どうして詩織は私を招待してくれなかったのだろう。四人組は次々に解体されたと思っていたけれど、ひょっとしたら私ひとりだけがのけ者になっていたのかも……。ううん、でもリカは穂乃果とケンカ中だって言ってたはず。

涼花が香水の香りを残して帰ったあと、ひとりでパソコンと格闘する。照明が半分落とされたオフィスにマイナス思考が満ちていくような感覚。漂う空気でさえ、肌を刺してくるような錯覚を覚える。

「お疲れさまですー」

大きな声と一緒に仲田さんが帰社した。共有スケジュールには『直帰』と記載されていたはずなのに、と顔を上げると仲田さんが私にカップを差し出した。

「よかったら飲みますか？　例のコンビニの十月からの新商品だそうです」

いつも仲田さんはニコニコしている。普段なら元気づけられる笑顔も、今日は逆に気持ちをより海底へと沈ませる重りのようだ。

「いらない」

感情の制御が利かず、声のトーンも低くなってしまった。慌てて次の言葉を必死で探す。

「仲田さんがもらったなら、飲んでちゃんと感想を伝えなくちゃ」

愛想笑いを添えるけれど、何倍もまぶしい笑顔が返ってくる。

「僕の感想はもう伝えてあります。本社の自信作だそうで、オーナーさんも太鼓判《たいこばん》を押しているのですが、個人的にはウエーッて感じなんですよ」

受け取るとホットコーヒーを入れるカップから湯気《ゆげ》とともにいい香りがしている。花束のような香りの中心に、芳醇《ほうじゅん》な果物がでんと主張している。

「ブドウ？　え、これ温かいブドウジュースなの？」

「そうなんですよ。ちょっと飲んでもらえますか？」

ひと口飲むと、仲田さんの言わんとしていることがすぐにわかった。彼は私に『美味《おい》しくない』を期待しているみたいだけど、正直な感想を言わなくてはコンビニの本社にもオーナーにも申し訳ない。

「仲田さんはアルコールが飲めなかったよね？」

「ええ。まったくです」

大きく仲田さんがうなずく。

「ホットワインの味に似ているから苦手なのかも。このホットブドウジュースにはハチミツとかスパイスも入ってるみたいだから、初めて飲む人はビックリするかも。でも私は好きだけどな」

「オーナーさんも同じことをおっしゃってました。僕、アルコールが入っていると思ってブルーな顔をしてしまったんですよ。オーナーさんは大笑いされてましたけれど。やはりアルコールくらい飲めないとダメですよね」

「ダメってことはないよ。むしろ飲まなくていいならそれに越したことはないと思う」

そう言うと仲田さんはうれしそうに顔を輝かせた。

さっきまでの暗い気持ちが少しだけ明るくなった気がした。やっぱり仲田さんって、ムードメーカーなんだな……。

「今度ご飯食べに行きませんか?」

純粋な目で見つめられても私は動じない。

「みんなでならいいよ」

彼氏がいた時も別れた今も、こうやって誘いを断っている。最後の彼氏と別れたのは今から四年も前のこと。もう名前も顔も思い出せない。ううん、思い出す必要がないから考えないだけだ。

「早見さんってかなりガードが固いですね」

「やわらかいよりはいいでしょ」

「僕、結構本気で誘っているんですよ。今のところ、全滅ですけど」

あっけらかんと口にする仲田さんと目が合ってしまった。たしかにこれまで何度か誘われていて、そのたびに断ったり、はぐらかしたりしてきた。

だって仲田さんは前世の彼とは違うから。でも仲田さんが前世の彼じゃないと決めつけるには早すぎる。性格が変わって生まれ変わった可能性はゼロじゃないから。

「あの……ヘンなことを聞いてもいい？」

「もちろんです」

尻尾《しっぽ》でもふるみたいに仲田さんが期待した目で見てきた。

「仲田さんって、『再会の証』って言葉……知ってる？」

「再会の……？　それってどういう意味です？」

「なにかを私に託したとか……ううん、ごめん。なんでもない。今日は帰るね」

仕事はまだ途中だったけれど、恥ずかしさに耐えられそうもない。

「これ、ごちそうさま」

カップを軽く持ち上げ、ロッカーへ急いだ。

仲田さんにあんなことを尋ねるなんてどうかしている。きっと意味がわからずポカンとさせただろうな。

やっぱり前世の彼ではないんだ。そのことが、少しだけさみしく思えた。

アパートに着く頃には疲弊《ひへい》しきっていた。

ポストの扉を開けると同時に、右手にある101号室から綺麗《きれい》な女性が出てきた。いや、違う。毛玉がたくさんついたよれよれのトレーナーは、坂下さんだ。

「こんばんは」

サンダル履《ば》きで出てきた彼女は、おそらく私の帰りを待ちわびていたのだろう。書類を手にして近づいてくる。

「あ、こんばんは」

「先日お話しした火災警報器の点検日なのですが――」

これはまずい。ポストにあるチラシはそのままにして部屋へ向かうが、すぐうしろを影のようにピッタリとついてくる。

「これ以上立ち会いを拒否されるのであれば、合いカギを使わせていただくことになります」

「え?」

ドアの前でふり向くと、坂下さんはいつもと変わらず無表情のまま続けた。

「入居の際に交わした契約書の第二十五条に記載しておりますのでご確認ください」

「それは……困ります」

どうして私にだけこんなにいろんなことが起こるのだろう。

「第十八条も併せてご覧いただきたいのですが、定期点検を拒《こば》んだために消防用設備の不備が放置されたとみなされると、失火により火災が発生し周りの住居に火災が広がった場合、不法行為になる可能性があります。つまり、損害賠償《ばいしょう》の対象にならないということです」

彼女も私を責めている。私はただ前世の彼と再会したいだけなのに、どうしてこんなにうまくいかないの？『再会の証』はいったいどこにあるの？

鼻がツンと痛くなった二秒後、視界が歪《ゆが》みだした。こんなところで泣いちゃいけない。

地面を踏みしめる足に力を入れて涙をこらえた。火災警報器近くに置いてある荷物を、違う部屋に運べばいい。それなら、業者にバレずに済むかも……。

「もう少しだけ待ってもらえますか？」

誰も自分の味方がいない気がする。これが彼に再会するための試練だとわかっていても、限界点が近づいているようで。

坂下さんはじっと私を見つめてから、薄い唇を開いた。

「物が捨てられない原因を解決しない限り、いつまで待っても無理でしょう」

驚きのあまりフリーズしてしまった。どうして物を捨てられないことを知っているの？

「え？　あの……」

「簡単な理由です」

私の疑問を先取りし、坂下さんは建物の外にあるゴミ置き場を指さした。

「ゴミ捨て日、特に資源回収の日はあそこに立っています。けれど早見さんがゴミを出したことは一度もありません。一般ゴミも少ないところを見ると、部屋に溜め込んでいることは予測がつきます。ドアや窓の清掃はこまめにおこなっておられますので、部屋の荷物もそれなりに整理されており、いわゆる汚部屋とは違うでしょう」

テレビで物が片づけられない人の特集を見たことがある。私は違う。彼との再会のためにはなにも捨てちゃいけないから……。

つるんとした頰が、部屋の入り口の横の照明に照らされている。服装はあいかわらずだけど、少しずつ綺麗になっていく坂下さんが妬《ねた》ましい。

……妬ましい？　嫌な感情がお腹にムクムクと入道雲のように膨《ふく》れている。

「人は覚えたことの約八十パーセントを忘れる生き物です。残り二十パーセントの記憶を積み重ねて生きていくのです」

突然、坂下さんがそんなことを言った。

「忘れたかった記憶ほど頭にこびりついて離れないものです。あなたも同じだった。耐えがたい記憶から逃れたくて、あの病院を受診したのでしょう」

「あの病院？　待ってください、それって――」

どこから出したのか、坂下さんが一枚の白い名刺を差し出した。スポットライトが当たったかのように、その名刺に書かれた文字が浮かび上がる。

猪熊メモリークリニック
院長　猪熊舷太

こんな病院、知らない。こんな男臭い名前も知らない。

だけど……簡素な白色の壁に囲まれたロビー、看護師さんの顔、医師のそっけない態度が頭に浮かぶのはなぜ？

「私……」

「今から三年六カ月以上も前のこと、あなたは契約のためにここを訪れました。その際に、この名刺を手にしていました。なぜここに来ることになったのかを感情を失った声で話しておられました」

「それは、兄夫婦とうまくいかなくて……」

違う、と頭の中で声がした。兄夫婦は結婚当初から実家にいた。兄嫁とは仲が良くて、ふたりでランチへ行ったりもした。じゃあ、私の持つ記憶はいったい……。

「今ある記憶は、あなたが作ったものでしょう。記憶のすり替えをすることで、現実の苦しみから逃れようとしたのです。それでも心はまだ覚えてる。だからこそ、物を捨てられないという症状が出てしまったのでしょう」

言葉を一旦区切ると、坂下さんは「でも」と言葉に力を込めた。

「すり替えた記憶は現実に起きたことではないため、どうしても齟齬《そご》が生まれます。今が苦しいのなら、すり替えた記憶をもとに戻してあげることです」

「なにを言ってるのか……」

「わかりませんか？　いえ、わかるのが怖いのでしょう」

まっすぐに私を見つめる瞳に、さっき押し込めたはずのモヤモヤがまた大きくなっていく。目の前の人は誰なのだろう？　どうして私を責めるの？

「怖くなんかありません」

はっきりそう言う私に、坂下さんはなにも答えない。

「知ったようなことを言われるのは不愉快です。部屋のことも記憶のことも」

そう、私はただ前世の彼に会いたいだけ。そのためにどれだけ努力しているかも知らないくせに。

「早見さんがそうおっしゃるのなら構いません」

淡々と答える坂下さんは敵だ。彼女だけじゃない、詩織もリカも涼花だって、私を惑《まど》わせ困らせるだけ。連絡の途絶えている穂乃果に至っては、もう関係のない人。

ほかには……と考えたところで、ふと浮かぶうしろ姿があった。背が高くて、口数の少ない人。あれは……そうだ、四年前までつき合っていた最後の恋人だ。彼の名前は——。

「あれ？」

思わず言葉がこぼれた。彼の名前はなんだったのだろう。ああ、たしか……和《かず》樹《き》。ああ、日野《ひの》和樹だ。何年もつき合ったはずなのに、名前も出てこないなんて自分がひどく冷たい人のように思えた。

ほら、ちゃんと思い出せる。気を取り直し、坂下さんに焦点を合わせる。

「火災警報器の点検についてお答えしなかったのはすみません。後日きちんとご連絡します」

「そうしていただけると助かります」

うなずく坂下さんになにか言ってやらないと気が済まない。普段ならなにも言わずに引き下がるだけなのに、このモヤモヤを吐き出さないとずっと引きずってしまいそう。

「坂下さんはこのアパートの管理人さんですよね？」

「はい」

「だとしたらそのトレーナーはどうかと思います」

「おかしいでしょうか」

そう言って自分の恰好を見下ろしている。

「私の友だちが遊びに来てあなたを見たら驚くと思います。管理人という立場なら尚更《なおさら》です」

気分を害しただろうな、という予想に反し、坂下さんは納得したようにうなずいた。

「ご指摘につきましては善処します。夜分に失礼いたしました」

深々と一礼して去っていく姿を見送ってから、部屋に滑り込んだ。照明をつけると、たくさんの物が私を迎えてくれた。

けれど、過去の映像が頭から消えてくれない。白い病院、兄夫婦、契約した日、忘れたはずの昔の恋人。

記憶のすり替えなんてしていない。強く自分に言い聞かせれば安心できる。そして私は今夜も、前世で愛を誓った彼の言葉を反芻《はんすう》する。


十月最初の日曜日は雨だった。

喫茶店の窓に流れる雨粒が、くっついたり離れたりしながらガラスを伝っていく。駅前の景色は滲み、水槽の中から眺めているみたい。店内は混んでいて、誰もが楽しそうに見える。

結局、部屋の片づけはしていない。記憶のすり替えをしているなんて認められるはずもなく、今もアイスコーヒーについてきたストローの包みを小さくたたんでバッグに忍ばせたところ。

でも、あの日、私はたしかに違和感を感じた。

――考えてはいけない。

そう言い聞かせてやり過ごす日々は、ひどく息苦しかった。

カランコロン。入り口のドアの鐘が鳴り、詩織が入店してきた。茶色のカーディガンに黒いロングスカート、エコバッグを肩にかけている。

席までやってきた詩織は前回と違い、ほとんどメークをしていなかった。

「急に呼び出すからびっくりしちゃった。遅くなってごめんね」

詩織は席に座り、水を運んできた店員にホットコーヒーを頼んでいる。

今日まで考え込むことばかりだった。ここで真実を知っておかなければ、私の性格だといつまでも引きずってしまう。そう思えたのが今朝のこと。電話をかける勇気が出るまでに一時間、身支度に一時間、今はもう午後一時だ。

「なんなの？　彼氏ができた報告とか？」

注文を終えた詩織がそう尋ねた。

「そういうことじゃないよ。呼び出してごめん。少し相談に乗ってほしいことがあって」

「相談？　え、由芽から相談されるなんて珍しい」

思いついて行動したものの、いざ目の前にするとなにも話せないのではないかと心配しながらここに来た。大丈夫、心は凪《なぎ》の海のように落ち着いている。反面、詩織はぎこちなく笑みを浮かべていて、どこか怯《おび》えているようにも見える。

「うちのアパートの管理人さんに言われたことなんだけど、私は過去の嫌な記憶から逃げるために、記憶のすり替えをしてるんだって」

「記憶のすり替え？　え、待って。アパートの管理人さんがそんな失礼なことを言ったの？」

「私が悪いんだけどね。詩織の結婚式の三日前、前世の記憶を思い出したって電話したよね。あれからずっと……物が捨てられないから」

言葉にすると、少し気持ちが軽くなった。ガチガチに固まっている記憶の壁に、小さな穴が空いた気分。

なんて答えていいのかわからないのだろう、目を丸くしたまま詩織は固まっている。

「最初はそんなことないって思ってた。でも、言われて気づいたことがある。三年半前に今のアパートに引っ越したんだけど、どうしてもその理由が思い出せないの」

「前から言ってたじゃん。お兄さん夫婦とうまくいかなくて――」

「それ、嘘の記憶だった」

店員さんがホットコーヒーを詩織の前に置いた。まるで行かないでと言いたげに、詩織は店員のうしろ姿を見送っている。

「ほかにも思い出せないことがある」

「うん」

砂糖も入れていないのに、詩織はカップの中でコーヒースプーンをくるくる回す。その渦《うず》は果てしなく黒い色に思えた。

「和樹のこと」

元恋人の名前を口にするとカフェインよりも苦い味がした。

「……でも、別れたのって四年以上前だよね」

「四年前の九月だった。そこまでは思い出せたんだけど、あとは全然ダメで」

雨の音が強くなった。窓ガラスに打ちつける雨が、記憶を邪魔している。思い出してはいけない、と叫んでいる。

「和樹さんとは円満に別れたって由芽、自分でそう言ってたよ。心機一転するために三年半前に引っ越したんじゃなかった？」

さっきと違う理由を口にしたことに気づいたのだろう、詩織は慌てた様子でコーヒーを口に運んだ。

「詩織はなにか知ってるんだよね？」

「……やめてよ」

乾いた笑いを添える詩織に、心の中でなにかが折れる音がした。

「どうしても言えないことなの？」

「ちょっと由芽、落ち着いて。私がなんで由芽に隠しごとをするのよ」

語尾が強くなり、隣の席のカップルがチラッとこっちを見た。

「私なりにわかったことがあるの。今日はそれを聞いてほしくて来てもらったんだ」

「もうこんな話やめようよ」

周りを気にするように詩織はボソッと言う。その瞳がせわしなくテーブルを彷徨《さまよ》っている。言おう、言えばいい、言うしかない、言え。

「どうして私を結婚式に招待してくれなかったの？」

そう言った瞬間、詩織は「ぐっ」と喉になんか詰まったかのような声を上げた。見開かれた瞳が、ゆっくりと私に合う。

ああ、やっぱりそうだったんだ……。

「こないだリカが、詩織の結婚式に参列したと言ってた。あと、詩織は私と涼花が一緒に働いてること知ってるよね？　あの子、私たちのグループとは全然連絡取ってないって。それも嘘だった」

「そんなこと……」

「涼花はリカのことを『今でも派手だ』って言ったの。前は名前すら忘れていた感じだったのに、今でも会っているような口調だった。詩織とケンカしたって聞いてから、私から話題は出さないように気をつけていた。それなのに、詩織が身内だけの結婚式を挙げたことを知っていた」

話すたびに詩織は花がしおれたようにうつむいていく。固く閉ざした唇は、私の予想が当たっていたことを表している。

「きっと、和樹が出席したんだね。私がつき合ってる頃から詩織、和樹と気があってたもんね。だから、私を呼べなかった」

「違う。違うの……」

小刻みに首を横にふる詩織の瞳から、大粒の涙がひとつ落ちた。自分の晴れの日に、詩織は私ではなく、和樹の出席を選んだんだ。

「きっと穂乃果もいたんだよね？」

「違う！」

バッと顔を上げた詩織が、「あ……」と再び頭《こうべ》を垂れた。けれど、すぐにエコバッグからスマホを取り出し、なにか操作をしている。あごが、指が震えているのをぼんやりと見つめた。

詩織がおずおずと差し出したのは結婚式の写真だった。

やはり身内だけの式ではなく、写真にはたくさんの参列者が映っている。中央で新郎と腕を組む詩織は白いウエディングドレス姿で幸せそうに笑っている。

「リカや涼花がいたのは本当のこと。でも、誓って和樹さんや穂乃果は呼んでない。お願い、信じて……」

だからなんだと言うのだろう。親友だと思っていた人のいちばん幸せな日に、私は呼ばれなかった。

財布から千円札を取り出す。帰ることを知っても詩織はじっとうつむいているだけだった。

「私は詩織のこと、友だちだと思ってたんだよ」

「違う」うわごとのようにくり返した詩織が、意を決したように顔を上げた。涙に濡《ぬ》れた顔で、彼女は最後に言った。

「管理人さんが言ったこと、当たってるの。由芽は、自分で記憶のすり替えをしたんだよ」

と、悲しそうにもどかしそうに。


月曜日になっても雨は続いている。ベッドから起き上がり、窓の外を見ると駐車場で激しく雨が踊っていた。

そろそろ、朝礼がはじまる時間だ。今日休むことは、昨夜のうちに上司に伝えてある。

会社をズル休みした罪悪感は初めてじゃない。そういえば、アパートに引っ越す前、しばらく実家で引きこもっていたような……。

「違う」

それは嘘の記憶。これも嘘の記憶。どれが嘘の記憶……？

なにが本当でなにが嘘なのかわからないけれど、詩織の式に呼ばれなかった事実は消えない。そのことがショックすぎて、自分の都合のいいように信じたということなのかな。

もうどうでもいいことに思えた。明日からはちゃんと仕事に行こう。涼花とはうまく話せないかもしれないけど、そつなくやっていけばいい。

人間なんてしょせんひとりで生まれ、ひとりで死んでいく生き物。歌でも本でも名言でも、くり返し言われ続けていることだ。

寝不足の体を引きずりダイニングのドアを開けると、ぶつかってもいないのに積み上げられた服が崩れ落ちた。

……なんだかすごく疲れた。こんなに物を溜めても尚、前世の彼が握らせてくれた再会の証が何なのかわからない。そもそも、あの古城で交わした約束自体、私がすり替えた記憶なのかもしれない。

じゃあ、私はこれからなにを希望に生きて行けばいいのだろう。

「なにもないよ、もうなにもない……」

気持ちが言葉になってこぼれていく。

ピンポーン。

チャイムが鳴った。

答える気力もないまま冷蔵庫へ向かう。しかし、チャイムは鳴りやまない。雨の音と一緒に責められている気分だ。

と、右腕が台所のカウンターに当たり、小物入れごと床にぶちまけてしまった。

「坂下です。今、物音がしましたけれど、いらっしゃいませんか?」

思わず声を上げそうになり、両手で自分の口を押さえた。応答しないまま沈黙を守っていると、やがてチャイムは鳴り止んだ。

足音を忍ばせて玄関に向かうと、ドアの外からなにかブツブツ言う声が聞こえる。

「契約書第二十五条その3を読み上げます。管理人は住人に不測の事態・生命の危機が起きたと判断した場合、合いカギを使用し許可なく立ち入ることができる。救護救出に当たり破損した物品及び、人体に影響があった場合においてもその責任は負わない。つまり——これから中に入ります」

カギを差し込む音が続き、

「ああ!」

止める間もなくドアが開いた。

降りしきる雨をバックに坂下さんが立っている。湿気のせいで髪がおもしろいくらい広がっているけれど、服装だけはいつもと違った。上は海色のカーディガンに白色のシャツを着ている。なのに、下はあのよれたトレーナーのズボンのままで足元はサンダル履きというアンバランスすぎる恰好だ。

「よかった。ご無事だったんですね。失礼します」

そう言うと、坂下さんが部屋に入って来た。

「いかがでしょう。ご進言どおり服装を改めてみたのですが」

「あの……」

「以前よく着ていた服なので新品ではありませんが、おかしくないでしょうか？　下は色々穿《は》いてみたのですが、どれもしっくりきませんでした」

なんなの、この人。驚きと怒りが湧いても、すぐに坂下さんの勢いに負けてしおれてしまう。気力がない今、服装などどうでもいいことに思えた。

「この部屋を見て驚かないのですか？」

改めて部屋を見渡した坂下さんが、「はい」と答えた。

「ある程度予測はついていましたから。むしろ物品ごとにまとめてあることは素晴らしいと思います。ガスコンロは長らく使っていない様子ですが、コンセント近くに物があるのはよくないですね。火災の原因になります」

タコ足配線がいくつかあるが、いちばん多くの機器につながっているのはソファの下にあるものだ。ソファの下を覗《のぞ》き込もうにも物が多くて発掘は困難だろう。

「すみません。すぐに……片づけます」

急に恥ずかしくなり、しどろもどろで言うと、坂下さんは「ん」と顔を近づけてきた。

「それはつまり、記憶のすり替えをもとに戻す覚悟があるということでしょうか？」

まっすぐに見つめる瞳に気圧されてうなずき、遅れて覚悟が決まった。

詩織やリカ、涼花がついた嘘に傷ついているのは本当のことだけど、心の中ではまだ信じたい気持ちもある。それに、みんなを否定するだけのたしかな記憶が私にはない。

「この物を処分すれば、本当の記憶が戻るのですか？」

「早見さんが心からそう願えば叶いますよ。では、奥の部屋から順番に開始しましょう。うちにはなんと150リットルも入る特大サイズのゴミ袋があるんです。取ってきますね」

そう言うと、坂下さんはツカツカと玄関に進み出て行ってしまった。

一瞬だけ見えた地面に、力尽きた雨が川のように流れていた。

「前世の記憶、ですか」

髪をひとつに縛り、軍手とマスクを装備した坂下さんがゴミ袋の口を縛りながら尋ねた。

「三年前、桜を触った日に思い出したんです。古城にかかる橋の上で、彼は生まれ変わりを約束してくれたんです。『これはふたりの再会の証になる。どうか捨てずに持っていてほしい』って……」

「『再会の証』を捨てないために、ゴミをなるべく出さないようにしてこられたのですね」

こんなおかしな話なのに、坂下さんは真面目《まじめ》にうなずいている。

ゴミ袋は玄関のドアの外にすでに五つあり、雨が上がったらゴミ置き場に持って行くことになっている。奥のふた部屋の掃除が終わり、さらなるゴミ袋の置き場所を確保するために先に玄関と廊下を終わらせたところだ。次は最大の難関であるダイニングキッチンだ。

キッチンの奥を坂下さん、私は収納棚を整理していく。消費期限の過ぎたレトルト食品が山のようにあり、奥には空き瓶《びん》が積んである。

「私はおかしいのでしょうか。今でも前世の記憶は本物だと信じているんです」

「記憶のすり替えがおこなわれている以上、事実だと誤認してしまうのは致し方ないでしょうね」

坂下さんは割れた皿を新聞紙で包みながら続ける。

「以前も申しましたように、人は覚えたことの約八十パーセントを忘れる生き物です。残り二十パーセントの記憶を積み重ねて生きていくのです。けれど、耐えがたい悲劇があった場合、記憶のすり替えをして乗り越えようとすることがあります」

「じゃあ……この前世の記憶は嘘なんですね」

そうじゃないかという諦めは、日を追うごとに強まっている。もう前世の彼の顔も、靄《もや》がかかったようにぼやけている。

「あの……前にクリニックの名刺を見せてくれましたよね。受診した記憶も、ここで部屋の契約をした記憶もないんです。気がついたらここで暮らしはじめていた。そんな感じなんです」

坂下さんはひとつうなずいた。

「私もここに越してきた時は同じような状況でしたから。なにかから逃れようとする人によくあることです」

へえ、と不思議に思った。坂下さんも私と同じような体験をしているんだ。

ガサッとゴミ袋の音がした。坂下さんが新しいゴミ袋を開いている。

「次はソファの上を片づけましょう」

「思い出すこと……ううん、すり替えた記憶を元に戻すことはできますか？」

「あなたがそう望むのなら」

私の横をすり抜け、坂下さんが崩れた服の山を私の前へ移動させた。分別《ぶんべつ》して、ということなのだろう。ほとんどがもう着ることのない服ばかりだ。捨てないようにしてきた物たちも、前世の彼がいないのなら意味がない。

だけど、本当にそれでいいの？　私はなにを忘れているの？

手を止めずに坂下さんはゴミの山からテレビのリモコンを救出した。

「早見さんはすり替えた記憶を取り戻す覚悟ができました。だからこそ、片づけをする気になれたのです。あなた自身の選択《せんたく》であることを誇りに思ってください」

坂下さんが私に体を向け正座したので、同じように倣《なら》った。嫌な気持ちはなく、やっと本当のことがわかるんだという期待さえある。

「これから私の知る本当のあなたについて話をします。どんなに耐えがたい事実でも受け入れる努力をしてください。これから私が話すことを最後まで黙って聞いていただけますか？」

私がうなずくのを確認した坂下さんが、自分の顔の横で手をパーの形で開いた。

「あなたには五人の親しい人――いえ、親しかった人がいます。まずは、佐藤涼花さん、鈴本詩織さん、武藤リカさ――」

「待って！」

一本ずつ指を折る坂下さんを無意識に止めていた。

「どうして……どうして名前を知っているんですか⁉」

私は一度だって名前を出したことはない。ああ、でも部屋の契約をしに来た時に、坂下さんにそれまでにあった出来事を話したと言っていた。

「今は最後まで聞いていただけますか？」

「あ……」

さっき交わした約束をもう失念していた。混乱する頭を落ち着かせ、ギュッと目をつむった。まるでジェットコースターが加速する前の気分だ。

「続けます。武藤リカさん、市川穂乃果さん、そして四年前に別れた日野和樹さんの五人です」

閉じたまぶたの裏に五人の友だちだった人、恋人だった人がぼんやりと浮かんでいる。思い出したいという気持ちはもうどこにもなく、名前を言われるたびに背筋に冷たいものが這《は》い上がって来る。

「今から四年前の九月、あなたは日野和樹さんから一方的に別れを告げられたそうです」

すっと周りの気温が下がり、雨の音が遠ざかった気がした。

一方的に別れを……？　私の記憶ではお互いが同じタイミングで別れることを望み、円満にさよならを……。頭の中が濁っていくようだ。

目を開けると、坂下さんはあいかわらず無表情だったけれど、その瞳に悲しみが存在している気がした。

「傷ついたあなたでしたが、しばらくは気丈《きじょう》にがんばっておられました。しかし三カ月後、さらに大きなショックを受けることになります。食事も喉を通らず眠ることさえできなくなったあなたは、その後、三カ月間会社を休み治療をしました。そして、環境を変えることを決め、私に会いに来たのです」

病院からの帰り道、ふと目に入った満開の桜の木。管理人だと名乗るトレーナー姿の女性は私が来ることを知っていた。

スライドショーのようにあの日の記憶が脳裏に映し出されていく。

「すべての原因は四年前の日野和樹さんとの別れにあります。なにが起きたのか。早見さん自身が思い出す必要があります」

「私が……」

つぶやく声が自分のじゃないみたいに低い。坂下さんの言葉のひとつひとつが、封印した過去を揺さぶっている。そう、私はなにが起きたのか知っている。その痛みに耐えきれず、違う記憶を信じようとしたんだ。

「怖い」

　思わずぽろりと言葉がこぼれ落ちた。怖くてたまらない。これ以上なにかを失ったら、私はもう生きていけない。地面が崩れ落ち、暗闇に落ちていく感覚を思い出したくない。穴底に叩《たた》きつけられた痛みを思い出したくない……！

「思い出したくない記憶ほど、ずっと心に留まってあなたを苦しめます。実際、この四年、あなたは苦しんできました」

「でも……」

「本当に怖いのは、無意識に傷つき続けることのほうです。思い出せば、いずれ記憶は薄れていきます」

　人は覚えたことの約八十パーセントを忘れる生き物だから？

「聞いてほしいことがあります」

　背筋を伸ばしたまま、坂下さんがそう言った。

「私は一度見たこと、聞いたこと、感じたことをすべて記憶する能力を有しています。イヤなことでも決して忘れることができませんし、今すぐにでも放棄《ほうき》したい能力です」

「え……？」

「あなたには忘れる力がある。だからこそ、自分の傷をきちんと直視してほしいんです」

自分の体を両腕で抱いても恐怖は消えてくれない。だけど……思い出しても思い出さなくても苦しいのなら、私は——記憶のフタを開放したい。

もう一度目を閉じて、四年前の秋を思い出す。おぼろげな記憶の中、私は喫茶店にひとりでいた。和樹はいつものように遅れてきて——。

「和樹は……『別れることにした』って言ったんです。私の意志を確認することもなく、もう終わったかのような言い方でした」

和樹は謝ってもくれなかった。まるで別れの原因が私にあるかのように、後付けで理由を口にしていた。仕事の帰りが遅いとか、疲れが態度に出ているとか……。

浮かぶ映像を言葉にするたびに、胸がじくじくと痛む。暗闇が大きな口を開いて私を呑み込もうとしているようだ。

「反論する気力はありませんでした。彼はホッとした顔を残して『じゃあ』と店を出て行きました。歌うように踊るように、うれしそうに」

もがけばもがくほど泥を呑むような、泥に呑み込まれるような日々が続いた。ひょっとしたら気が変わって電話してくるんじゃないか、と常にスマホをそばに置いていた。

結婚が決まったばかりの詩織には心配をかけたくなくて、涼花にも仕事で迷惑をかけたくなくて……。

いつ和樹に再会してもいいように、コンビニに行くのにも着飾っていた。

「それから三カ月後に和樹から連絡がありました」

どろっとした感情が口を塞《ふさ》ぐ。

――思い出してはいけない。

「私は……ついに彼が戻ってくるんだと思いました。待ち合わせの喫茶店に一時間も前に到着して、私たちの再スタートを今か今かと――」

――オモイダシテハイケナイ。

カランコロンと、入り口のドアの鐘がふたりの再会と再開を祝福して鳴る。久しぶりに会った和樹は見たことのない小粋なジャケットを着ていた。

「和樹の……」

唇が震えている。永遠の眠りについていた記憶が今、その目を覚ます。

「和樹の隣には、穂乃果がいました」

大学を卒業して以来、穂乃果とは疎遠《そえん》になりつつあったけれど、私が和樹にフラレたという噂《うわさ》を聞いたのか一度だけ電話をかけてきたことがあった。近況を聞かれ、私は『元気だよ』と嘘をついた。

「ふたりは私の前に座り、和樹がアイスコーヒーをふたつオーダーしました。そして、私に言いました。『穂乃果と結婚することにした』と」

私はあの時、どんな顔をしていたのだろう？　穂乃果はどんな顔をしていたのだろう？

一年前に仕事関係で和樹と知り合い、好きになったと穂乃果は言った。つき合ってすぐに私とつき合っていることを知ったが、気持ちは変わらなかったと。『狭い街だからこういうこともあるよね』と諭《さと》すように笑っていた。

「その後ふたりがどうなったかについては知りません。私は仕事に行けなくなり、三カ月間会社を休み、病院へ通いました。そして、このアパートに住みました」

私の物語は悲劇だった。幕が下りたあと、私はそれを観なかったことにしたんだ。

ふと気づくと、坂下さんが私の手を握っていた。それでも小刻みに指先が震えている。

「早見さんは別れを受け入れられなかった。友だちの裏切りを許せなかった。だから、なかったことにした。そうすることでしか生きていけなかったんです」

「そうかもしれません。坂下さんの言うように、この記憶が、忘れていく八十パーセントに入ればよかったのに」

自嘲《じちょう》するのと一緒に、涙があふれた。完全に忘れてしまえば、記憶のすり替えも起きなかったのに。

手を離した坂下さんが、「覚えています」と照明のあたりに目を向けた。

「あなたがここに越してきて半年後、杉本詩織さんが管理人である私を訪ねてこられました」

「詩織が？」

「杉本詩織さんは結婚式を翌日に控えていたそうです。あなたから、結婚式に参列するという返事はもらっているが、二日前にあなたからきた電話では、とても出席できるような状態ではない。それどころか、身内だけで小さな結婚式をすると信じているようだ、と」

ぐらんと頭が揺れた。物だらけの床に手をついていないと、今にも倒れてしまいそう。

「彼女は佐藤涼花さん、武藤リカさんと相談し、あなたのすり替えた記憶に合わせることにしたそうです」

「そんな……」

だから詩織の結婚式にリカや涼花が行ったんだ。和樹を呼んでいないのは本当のことだったんだ。

「私……ひどいことをしました。この前、詩織に会った時、私は、私は……！」

涙があふれて止まらない。すり替えた記憶を流すようにあとからあとから悲しみが込み上げてくる。

「すり替えた記憶のしたことですから。友だちならわかってくれるでしょう」

そっけない言い方がやさしく胸に届いた。詩織に謝らないと。リカにも涼花にも。

「ちなみに」と坂下さんはまっすぐに私を見た。

「友だちだけじゃありません。ご両親、実家に住むお兄様夫婦もこのことをご存じです。皆さんがあなたを守るために協力してくれているんです」

「……ああ」

全身から魂が抜けるほどのため息を吐き出した。迷惑をかけてばかりの私を、見守ってくれていたんだね……。

声を押し殺して泣く私を、坂下さんは黙ったまま見守っていた。

「別れを受け止めます。私は、恋人と友だちに裏切られた。でも、今思うと、私にも悪いところがあったのかもしれません」

相手だけを責めていたからこそ、記憶のすり替えをしてしまったのかもしれない。和樹があの日口にした別れの理由にも、本当のことはあったのだろう。

「それは違います」

「え？」

見ると、坂下さんの眉間《みけん》に見たこともないくら深いシワが寄っている。

「日野和樹さんと市川穂乃果さんはクソ野郎です。そこのところはお間違えなきように」

常に上品な言葉遣いだったので余計に驚いてしまう。

急に周りの空気が緩《ゆる》んだ気がして、少しだけ笑ってしまった。

「たしかにクソ野郎ですね」

「確定事項ですので」

片づけが終わったら詩織たちをこの部屋に呼ぼう。そして、これまでのことをきちんと謝ろう。

安堵感《あんどかん》が体から緊張を溶かしていくみたい。急激に訪れる眠気に耐えていると、ふと疑問が浮かび上がった。

「あの、もうひとつ聞いてもいいですか？」

片づけを再開する坂下さんに尋ねた。

「私の見たこと聞いたことであれば、なんでもお答えします」

「前世の記憶もすり替えなんですか？」

「そうなりますね」

ブルーレイのリモコンを手にした坂下さんが答えた。

「和樹や穂乃果のことは理解できました。でも、前世の記憶は、はっきりとしたものなんです。彼が言った言葉は本当にあったことだと今でも思ってしまうんです」

私は『再会の証』を見つけたかった。もし見つけられたなら、和樹のことを許せる気がしていた。

「私には前世の彼が誰なのかわかります」

坂下さんがそう言った時に、なぜか仲田さんの顔がふわりと浮かんだ。慌てて思考から追い出す。

「わかるんですか？」

「もう一度、彼が言った言葉を教えてください」

一字一句忘れるわけがない。

「彼はこう言いました。『俺たちは今世では結ばれなかった。生まれ変わったら俺はすぐに君を探しに行く。来世では必ず幸せになろう』って。『なんでもない物に思えるだろうが、これはふたりの再会の証になる。どうか捨てずに持っていてほしい』とも言いました」

古城の景色がなぜかぼやけている。あんなにリアルだった彼の顔もフィルターがかかったみたいに思い出せない。

坂下さんは口の中で彼の言葉をくり返したあと、ゴミ袋を取り出し、大量のお菓子の空箱を入れていく。

「続きの言葉を教えましょう。あなたはそのあとこう言いました。『生まれ変わったなら、あなたのことをずっと待っています。この再会の証とともに』」

「どうして……どうしてわかるんですか⁉」

言われて気づいた。そうだ、私はあの時にそう言った。私の瞳には涙があふれ、背後からはふたりを引き裂くように朝霧が侵入してきていた。

「『君を永遠に愛している』『私も永遠の愛を誓います』そう言ってふたりは厳《おごそ》かな音楽の中、キスを交わします」

オーケストラの壮大《そうだい》な音楽の中、戦火の炎が近づいてくる。

「待って……」

「こちらもちょっとお待ちください」

坂下さんが床の上のゴミを漁《あさ》っている。ソファの奥にあったひしゃげた段ボール箱を発掘すると、中を確認してから私の前に置いた。

それは、私と和樹が好きだった物。彼の部屋でデートをする時には、よくふたりで映画のＤＶＤを観ていた。

坂下さんが取り出したDVDのパッケージを観て、全身の毛が逆立つのを感じた。

見つめ合う主役のふたりのバックに朝霧が濃く立ち込め、背後にはシルエットだけの古城が見える。タイトルは『約束の城』。

和樹が好きだと言った古い映画をふたりでくり返し観たことを思い出した。

「すり替えの記憶は、この映画のクライマックスシーンがもとになっています。台詞《せりふ》も同じですし、間違いないでしょう」

渡されたパッケージを穴が空くほど見つめる。不思議と、もう指は震えていなかった。

「私は……たくさんの人に迷惑をかけたんですね」

「人とはそういうものです。迷惑をかけたと思うのなら、誰かが同じ立場になった時に受け入れてあげればいいのです」

そう言った坂下さんの表情がわずかに和《やわ》らいでいる。

「どうして坂下さんは、こんなことまでしてくれるんですか？」

「贖罪です」

「しょく、ざい？」

「ええ」と坂下さんは結んでいた髪をほどいた。髪が彼女の表情を隠した。

「私にも昔、友だちと呼べる人がいました。春だけしか会えない、『春だけの友だち』でした。けれど、私は最後まで彼女に素直に接することができませんでした」

懐かしむように坂下さんが窓の外に目を向けた。いつの間にか空には青空が広がっていた。

「私のような思いをさせたくない。そう思い、出過ぎた真似《まね》をしてしまいました」

「そんなことありません。あの、本当にありがとうございます」

「そうですか」

さっきまであんなに熱心だったのに、坂下さんはもう興味を失ったような口調に戻っている。

人と話をするのが苦手だと以前言ってたっけ……。だとしたら、坂下さんも私の友だちと同じように心配してくれていたのだろう。

「ぜんぶ片づけます。そして、もう一度生まれ変わります」

自分の声で、自分の意志で言った言葉には温度があった。

さよなら、を心の中でつぶやき、ＤＶＤをゴミ袋の中へ捨てた。

「素晴らしい行動力ですね。私もこの服に合うパンツを探してみます」

そう言ったあと、坂下さんがわずかに口角《こうかく》を上げた。初めて坂下さんの笑顔を見た気がした。

十月も下旬に差し掛かれば、そろそろ年末号に向けての仕事が待っている。

今年は年末号に掲載してくれた企業には、一度の掲載料金で年始号にも同じ記事を掲載できることになっているため、営業部からは次々に発注が上がってきている。

「いや、追いつかないし」

今日はあきらめたのだろう、涼花がパソコンの電源を切った。

「これからデートって言ってたもんね？」

私はあと少しだけやっていこう。次号の校了は済んでいるけれど、その次に控えている『サービス業特集』の枠組みが終わっていない。

「デートじゃないよ。あくまで査定の段階。お見合いサイトって初めてだからさ、ちょっと緊張しちゃう」

「涼花なら大丈夫だよ。今日もすごく綺麗だもん」

きゃは、と高い声を上げた涼花が、まだ残っている社員がいることに気づきモニターに顔をうずめた。

「綺麗といえば、由芽ん家もすごく綺麗だったじゃん。来週もみんなで集まるんだよね？　あたし、なにか作っていくよ」

「詩織はハロウィンっぽくカボチャ料理を持ってきてくれるって。リカはさすがにオンライン参加になるから悔《くや》しがってたよ」

「え、あたしカボチャ苦手なんだよね」

「じゃあ代わりに涼花の好きなハンバーグを作るね」

　そんな会話をしていると、楽しくて泣いてしまいそうになる。部屋を片づけたあの日から、なんでもない日常が愛《いと》おしくてたまらない。

　涼花が退社したあと、しばらくして残りの社員も次々に帰って行く。そのたびに「お疲れさまでした」とにこやかに言える自分が誇らしい。

　給湯室でココアをふたつ淹《い》れ、パソコンと格闘している仲田さんの席へ向かう。

　さっき帰社した仲田さんは、コンビニのオーナーから紹介された新しい契約先へ持参する見積書を作っている。

「え、いいんですか。ありがとうございます」

　両手でマグカップを受け取った仲田さん。

「ハロウィンの話をしていましたよね。仮装とかするんですか？」

「まさか。このあたりでハロウィンはそれほど盛り上がってないでしょう？　それにもう仮装をするのは止めたんだよね」

意味がわからないのだろう、首をかしげたあと仲田さんがカップに口をつけた。すぐにとろけるような笑顔になり、「うまい！」と声を上げた。

私も彼のように感情を表現できる人になりたい。

「盗み聞きしたわけじゃないんですが、手作りのハンバーグを作るんですってね。いいな、僕も早見さんの料理を食べてみたいなあ」

「いいよ」

「……え⁉」

仲田さんの持つカップが波を立て、あとちょっとでココアがこぼれそうになった。

「いきなり手料理は早すぎるから、今度ご飯でも行こうよ」

「あ、はい！　今日にでも、今すぐにでも！」

慌てて立ち上がる仲田さんを見て笑ってしまった。仲田さんも照れたように笑っている。

人は覚えたことの約八十パーセントを忘れる生き物。残り二十パーセントの記憶を積み重ねて生きていくのだとしたら、このはじまりの日を忘れずにいたい。

いつかふり返った時に、ココアのようにやさしい記憶になっていますように。

そう、願った。

第三章

「すべて忘れてしまっても」

Residents of Mémoire

Written by Inujun

渡邊武史《わたなべたけし》（三十九歳）

「渡邊《わたなべ》さん、大丈夫《だいじょうぶ》ですか？」

向井《むかい》がそう尋《たず》ねた時、俺は目の前にあるラーメンの丼《どんぶり》をぼんやり眺めていた。

渡邊……ああ、自分の名前かと気づき顔を上げる。向かいの席で大盛りカツ丼をほおばっているのは後輩の向井だ。

「早く食べないと麺《めん》、のびちゃいますよ」

「……ああ、ちょっと考えごとをしてた」

箸《はし》を手にして向井を見ると、スマホでゲームをしながら器用に食事を進めている。

オフィスが入っているビルの二階にある食堂は今日もランチの時間帯はかなり混んでいる。少し前にテレビで紹介されたそうで、外部からの客が増えているようだ。隣の席には初めて来たらしい女性三人組が、山のように盛られた『スペシャルセット』に悪戦苦闘している。

テレビでは値段の安さについて取り上げられていたそうだが、この食堂の本当の特徴はその量の多さだ。特に『スペシャルセット』は別名『満腹セット』と呼ばれている。

あれじゃあ半分も食べられないだろうな。

「しかし、もう十月なんて早いっすよね」

視線をスマホに落としたまま、向井がだるそうに言った。そうか、今日から十月になったのか。日々の業務に忙殺《ぼうさつ》され、カレンダーを追う暇もなかった。日常性のマンネリの中に自由を沈める毎日は、年末に向けさらに濃くなっていく。

人材派遣《はけん》を営《いとな》むうちの会社では、年末年始こそ繁忙期《はんぼうき》だ。普段は派遣を使わない企業が臨時で利用したり、短期型の派遣依頼も多くなる。応募者においても年末年始は時給が上がることが多いので、冬休みに入る大学生やフリーターからの応募が増える。面接室だけでは足りず、オフィスの片隅にパーテーションを設けて登録者の対応をすることもある。

人材派遣業について否定的な意見もあるが、企業と被雇用者の間に入ることでのメリットは大きいと俺は思っている。そのぶん、トラブルも多いのが難点だが。

営業部のスタッフは、十月からは年末の繁忙期に向けて動き出す。企業に営業をかけたり様々な媒体に求人広告を出したり、条件に合う登録者に連絡をしたりと業務量が増えていく。とはいえ、俺は先月から総務部へと異動になった身だが。

親の墓参りに行けないままで今年も終わるのだろう。墓守を従妹《いとこ》に任せっぱなしにしているせいで、最近は罪悪感で連絡もしていない。

「あ、くそっ。また問題発生みたいです」

向井が手にしたスマホがブルブル震えている。会社から支給されたスマホで、俺も営業部にいた頃は鳴るたびにため息を吐いたものだ。

画面を確認した向井は、指揮するように指先を動かしてなにか入力したあと画面を伏せた。唇の端っこが向井の苛立《いらだ》ちを表すようにゆがんでいる。

「クレームか？」

「高林《たかばやし》工業に派遣した例の人、結局辞めることにしたそうです。あとでフォロー入れとかないと」

「ああ、しばらく休んでたよな」

派遣する社員が増えればトラブルも増える。営業部とは名ばかりで、実際は派遣先である企業と派遣社員との間に入り、表面化する様々な問題の後始末ばかり。

「しょうがないすよ。いちいち気にしてたらこっちの身が持ちません。派遣社員なんて商品と一緒なんですから、いなくなれば補充するだけです」

「おい、ここにいるのはうちの社員だけじゃないんだぞ」

声を潜《ひそ》め注意するが、向井はどこ吹く風。

「実際そうじゃないですか。僕たちは派遣先に商品を納品する。その商品がちょっと変わっていると、突然消えたり、永遠かと思うほどの長電話で文句を羅列《られつ》するんです」

「そういう言い方はよせ。あくまで俺たちはコーディネートさせてもらっている立場。どの人に対しても敬意を持って接しろよ」

はーいと肩をすぼめた向井が、「でも」と俺を上目遣《うわめづか》いで見てくる。

「渡邊さんが営業部を抜けてから大変なんすよ。平松《ひらまつ》さん、『すぐ補充するから』って口ばっかりじゃないすか」

平松綾乃《あやの》さんは、営業部と総務部を兼務で管理している。五十代と聞いているが、正確なところは知らない。総務の前の管理者と副管理者が示し合わせたように突然辞めてしまったため、当初は『代理で』ということだったが、半年経った今では誰もその『代理』の言葉を口に出さなくなったし、本人も受け入れているように思える。

「平松さんだって考えてるさ。ハローワークには求人出してるし、求人誌への掲載も頼まれたからこのあと依頼しとくよ」

「なんか、すっかり総務の人になっちゃったんですね」

トゲのある言葉がチクリと刺さる。俺が総務部に異動してから向井はたまにこんなことを言ってくる。

自分でも悪いことを言ったと気づいたのだろう、

「お茶のお代わり取ってきます」

向井は逃げるように席を立った。

ラーメンをすすってみるが、なんだか味が薄く感じる。注文カウンターには長い行列が続いていて、まだピークは終わりそうもない。

忙しいとどうしても仕事は雑になる。文句を言ったところでなにも変わらない。向井の言うように、派遣社員が商品だとしたら、その企業で働く俺たちも同じように消費される存在なのだろう。

隣の女性陣がタイミングを合わせたようにけたたましく笑い声を上げた。すでに食べ切ることはあきらめた様子で、スマホの画面をみんなで覗《のぞ》き込んではしゃいでいる。甲高《かんだか》い声が、今日はやけに耳に痛い。

向井が紙コップに入れたお茶を二個持ってきた。ひとつを俺のほうへ置いてから、どすんと音を立てて椅子《いす》に座る。

茶色の髪は耳にかかり、トップはボリュームを出すために毎朝ヘアアイロンを当てているそうだ。細い体に似合いの小さな顔がうらやましい。

「向井は二十五歳だっけ？」

「二十六っすよ」

飄々《ひょうひょう》と答えた向井が、なぜかニヤリと俺を見た。

「渡邊さんとはひと回り以上違うんですよね」

「一応俺もギリギリ三十代だ」

ラーメンのスープを飲めば、やっぱり味が薄い。チャーハンのぼやけた味が食欲を減退させる。

スマホのゲームに飽きたのだろう、向井が長い足を組んでまじまじと俺を見てきた。

「事故の後遺症《こういしょう》は大丈夫なんですか?」

「総務で仕事をするぶんには問題ない」

「あれはヤバかったですね。まさかあそこで事故が起きるなんて誰も想像できませんよ」

お盆前の八月、長年契約をしてくれている工場に新しい機械が導入された。新しい派遣社員数名を伴《ともな》い、向井とともに説明を受けに行った時に事故が起きた。

機械を稼働《かどう》した途端《とたん》、アラーム音がけたたましく鳴り響いたのだ。俺の視界が捉《とら》えたのは、自分に向かって降ってくる四角い物体だった。ヘルメットに当たる音と同時に強い衝撃《しょうげき》を受け、床に叩《たた》きつけられた。

気づけば病院のベッドの上だった。呼吸のたびに生まれる頭頂部の痛みにうめきながら、生きていたことにホッとしたものだ。

後日わかったことだが、機械上部に設置したダクトが外《はず》れたことが事故の原因らしい。ボルトがしっかりはまっていなかったと説明を受けた。

労災《ろうさい》扱いになり、退院後も通院は続けているが、頭痛に加えめまいの症状にも悩まされるようになった。ふたつの症状は、ことあるごとに世界をゆらゆらと蜃気楼《しんきろう》の中に落とし、俺を迷子にする。

車の運転が難しくなり、復職後は症状が落ち着くまで総務部へ異動することになった。頭頂部には傷が残り、数センチ四方にわたって剃《そ》られた髪の一部は二度と生えてこないとも聞いた。ワックスを使いなんとか隠せているが、風が吹けばハゲているのがバレてしまう。

「人生なんてなにが起きるかわからないな」

素直《すなお》な感想も向井にはピンとこないらしく、

「慰謝料《いしゃりょう》ってもらえたんですか？」

なんて聞いてくる。

「症状固定と言って、体調がしっかり落ち着いたら保険会社と話し合うことになってる」

「へえ、いいっすね。こういうの、棚からぼた餅って言うんでしたっけ？」

「人の不幸をうらやましがるな」

思ったより強い口調になってしまったが、向井はスマホのゲームの世界に戻った様子で、指先を素早く動かしている。

年齢差はどうやっても埋《う》められない。俺と向井の間には深い川が流れていて、俺は向井の地を遠くから眺めているようなものだ。理解する努力を諦めてからはずいぶん気がラクになった。

オフィスのある五階へ戻ると、午後の始業まではあと十分近くある。スマホを開くと、いつものように桃花《ももか》からメッセージが届いていた。木下《きした》桃花は俺の恋人だ。

『今日はそんなに寒くないね　夜はいつもの店で大丈夫？』

桃花の好きなスタンプも添えてある。

『ＯＫ』

と返事をしてスマホをしまった。

パソコンのモニターに目をやるのと同時にめまいが起きそうになり、ギュッと目を閉じた。頭の奥のほうで痛みが主張し出している。

これさえ治れば、また営業部に戻れるのに。

医師は『ゆっくり治していきましょう』と言っているし、給付金もしっかりもらえている。自宅療養《りようよう》を終え、違う部署《ぶしよ》とはいえ復職も叶《かな》ったのに、最近はずっと頭にモヤがかかっているみたいだ。その上、視界も思考も本来の機能を果たしていない。

営業部のメンバーは必死でがんばっているのに、全速力で走る特急電車からひとりだけ降ろされたような疎外感《そがいかん》を感じている。しかし早く営業部に戻りたいという意志は、傾いていく季節に比例して弱くなっていくようだ。

内線が鳴った。表示されている番号は平松さんのものだ。見ると、オフィスの奥にあるデスクで俺に向かって手をヒラヒラさせて合図《あいず》している。栗色の髪はウェーブがかかっていて、ヘアオイルで作った人工の艶《つや》がここからでも光って見える。俺が入社した時に比べるとメークは濃くなっているが、スタイルは昔から変わらない。

『お疲れさま。あれ、やってくれた？』

平松さんは主語がないまま話をすることが多い。そのたびに脳トレでもしている気分になる。

「求人のことですよね。いただいた内容で変わりありませんか？」

デスクトップに平松さんからもらった求人内容を表示させた。自分が抜けた穴を補充するための求人広告を自身で出すことになろうとは。

『変更はないんだけど、今回は掲載媒体《ばいたい》を違う会社に変えようかなって。「タウンズ豊辺《とよべ》」に載《の》せてもらっていい？』

地元の求人情報誌の名前を口にしたあと、パラパラとページをめくる音が聞こえた。デスクで平松さんがその情報誌をめくっているのが見える。

また頭痛が強くなり、世界がゆがみはじめた。食べてすぐだからか、吐《は》き気までじわりと顔を出している。

受話器をギュッと握《にぎ》り「はい」と答えた。

『友だちが言ってたんだけど、この求人情報誌、案外あなどれないんですって。今なら一度の掲載料金で二号続けて載せてくれるみたい』

「わかりました。問い合わせをしてみます」

『派遣社員募集の求人はこれまでと同じ媒体でお願いね。年末年始に時給アップする会社のリストは共有ファイルに入れておいたから。まだ出揃ってないけど、あるぶんだけ載せましょう。そういえば、そろそろ桃花ちゃん誕生日よね』

平松さんが話題を急カーブで変えるのはいつものこと。めまいを抑《おさ》えつつ、聞こえるようにため息を吐いた。

「そうでしたっけ？」

もちろん覚えている。桃花の誕生日は十二月二十五日のクリスマスだ。

『もう三年もつき合ってるんだよね？　そろそろプロポーズするタイミング――うん、ちょっと遅いくらいじゃない？　渡邊くんも来年は四十の大台に乗るわけだしさ』

「仕事と関係のない話ですよね？」

『午後の始業まではあと一分あるわよ』

見なくてもわかる。きっとニヤニヤした顔で俺のほうを見ているのだろう。はあ、と再度ため息を吐いても彼女には通じない。

桃花は取引先の会社の人事担当だった。彼氏がいないことを聞きつけた平松さんが、俺を半ば強制的に紹介したという恩がある。めんどくささが前面に立ち、会うことを承諾したものの、お茶を濁して帰るつもりだったが、俺は一瞬で桃花に恋をしてしまった。そして、その想いは今も続いている。

が、結婚となると話はまた違ってくるわけで。

「今年は事故に遭ったから、それどころじゃないですよ。頭のてっぺんもハゲたままですし、落ち着いたら考えます」

『それは言い訳。落ち着く時なんて一生来ないし、結婚に一番大事なのは勢いなのよ』

その言葉はもう何度も聞かされている。八年前にかなり年下の旦那《だんな》と結婚してからというもの、平松さんはその成功体験をもとにキューピッドのごとくスタッフに誰かを紹介しまくっている。

まあ、俺もキューピッドの矢のおかげで桃花とつき合えたわけだが……。

「もう一分経ちましたから切りますよ」

『渡邊くんって武史《たけし》って名前の通り、まるで武士みたい。あ、いい意味でね。頼んだことよろしくね』

一方的に切られた電話の受話器をにらんでいるうちに、めまいは消えたようだ。

平松さんはもう、営業部のスタッフにテキパキと指示出しをしている。ああいう人じゃないと管理業務は務まらないだろう。

桃花との結婚を考えないわけじゃない。むしろそうしたいと望んでいるのに、踏ん切りがつかないのは親のせいだ。昔から仲が悪く、口を開けばケンカばかりで警察沙汰《ざた》になったこともある。お互いをののしる声は俺が家を飛び出すまで続いていた。揃って火事で亡くなったが、あまり悲しさを感じなかったことを覚えている。

俺もああいう遺伝子を受け継いでいるんじゃないか。忙しい日々の中で、彼女をないがしろにするんじゃないか。この堂々巡りを、もう三年間続けている。

隣のデスクで鳴る電話の音に我に返る。今は仕事中だ。

平松さんに言われたことを頭の中で反芻《はんすう》する。まず、『タウンズ豊辺』に連絡をしなくては。新しい取引先となれば、挨拶《あいさつ》にもいずれ伺《うかが》わなくてはならないし、契約だって必要になる。

あとは……そうだ、年末年始に時給の上がる会社のリストだ。これをもとにいつもの求人誌『ジョブタウン』に新しい求人掲載を依頼する。これは『タウンズ豊辺』に連絡したあとでいいだろう。

付箋《ふせん》に『時給』と書いてデスクトップの端に貼った。


冷たい風が顔に当たり、ハッと顔を上げる。

ここは……ああ、そうだ。いつもの公園のベンチだ。目は開いていたはずなのに、なにも視界に入ってなかったような感じ。タイムスリップでもした気分だ。

隣を見ると、桃花が楽しげに今日あった出来事を話している。

金曜日は喫茶店で食事をし、高台にある公園に来るのが俺たちの常。『夕焼け公園』と呼ばれているそうだが、派手じゃない街明かりとわずかな星空が見える夜のほうが俺たちは好きだった。

出会った時は二十七歳だった桃花も、今年で三十歳になる。平日は髪をひとつに縛り、メークもしっかりしているけれど、休みの日に見せる無防備で眠そうな顔も好きだ。

三年間も一緒にいるのに、桃花の嫌なところはひとつも見たことがない。もちろん、たまに口喧嘩《くちげんか》になることもあるし、イライラした態度を見せられることもあるけれど、桃花という素晴らしい女性を構成する要素のひとつだと思っている。

結婚には勢いが大事、か……。

「それでね、コーヒーを持ったまま転びそうになったところを、間一髪、私が助けたの。なのに彼女、そのまま手を離しちゃって――」

「なあ」

同僚のしでかした失敗談に割り込むと、

「ん？」

ごくんと桃花は言葉を呑《の》み込んだあと、大きな瞳を俺に向けた。見つめられるたびにお腹のあたりがやわらかい空気で満たされる。

「あ……いや。その……話があるんだけど」

「話？」

「俺たちの……なんていうか」

これまで何度かプロポーズをしようと計画したことはあるが、同じ数だけ実行前に中止してきた。いつまでも親のせいにしてはいられない。

だが、俺は来年四十歳になってしまう。こんな中年が、桃花に結婚を申し込んでいいのだろうか。しかし向井とは違い、桃花との間に深い川は流れていない、と思っている。

話も合うし、笑いのツボだって同じだ。それでも、自分が桃花にふさわしくないという劣等感がいつもそばにある。

そんな時は、『美女と野獣《やじゅう》』のポスターが頭に浮かぶ。いちばん笑顔でいてほしい人のそれを俺が奪ってしまうのではないか……。

モゴモゴと口ごもっていると、桃花の瞳が宝物でも見つけたように大きく見開いた。

「まさか……武史、プロポーズしようとしてるの？」

桃花が信じられない顔で見上げてくるので、思わず視線を逸《そ》らせた。

「そうなんだけど……。まあ、誕生日が近いし」

最悪だ。これじゃあ、桃花の年齢を気にして結婚を申し込もうとしていると思われてしまう。ただずっとそばにいたいから。そう伝えればいいのに、どうして気持ちを言葉にできないのだろう。

「うれしい」

桃花は美しい指を口に当てていた。その瞳が潤《うる》んでいるのがわかる。

「いや、今じゃなくてさ。誕生日にきちんと――」

「うれしい」もう一度くり返したあと、桃花は口に当てた手を胸にそっと当てた。

「誕生日にプロポーズしてもらうのが子どもの頃からの夢だったの」

「へえ……」

なにを間抜けな返事をしてるんだ、と自分を戒《いまし》めた。だとしたら、俺にできることは桃花の夢を叶えること。

「どういうプロポーズだとうれしい？」

「え、いいの？」

今日の彼女は特に美しく思えた。頼りない公園の街灯がスポットライトのように桃花の髪を、瞳をキラキラと輝かせている。

「大好きな場所でプロポーズされるのが夢だった。昔はディズニーランドって思ってたけど、今はここがいいな」

「え、この公園で？」

てっきり旅行先とかレストランでと言われると思っていたから拍子《ひょうし》抜けしてしまう。

「三年前もここで告白してくれたよね？　紹介されてからデートはしてたけど、ちっとも告白してくれなかったからあの日はうれしかったなあ。それからも、ふたりでいちばん訪れた所だし、私にとっては思い出の場所なんだ。だから、プロポーズしてくれるなら、このベンチでしてほしい」

そう言うと、桃花はスマホを取り出してなにやら操作しはじめた。バックライトに照らされる横顔に見惚《みと》れていると、しがみついていた頭痛も消えていく。

「私が世界でいちばん好きな絵本をプレゼントしてほしいの。これだよ」

印籠《いんろう》のように差し出された画面には、桃花がメッセージで愛用しているスタンプの絵柄があった。

「ああ、『わにゃん』だっけ？」

「やっと覚えてくれたんだね。子どもの頃から好きな絵本なんだ」

犬と猫がごちゃ混ぜになったようなキャラクター。俺にはかわいさはわからないが、桃花が好きだと言うのなら俺も好きだ。『わにゃんのだいぼうけん』とタイトルが丸文字で記してある。

「実家にボロボロになった絵本があってね、だけど捨てられないの。新しいのを買えばいいんだろうけど、いつか自分がプロポーズしてもらえる日が来たら、プレゼントしてもらいたいな、って。……子どもっぽいよね？」

潤んだ瞳の桃花が愛《いと》おしくてたまらない。抱きしめたい気持ちをこらえて首を横にふった。

「もちろんこの絵本は買っておくよ。婚約指輪は近いうちに見に行こう」

別で誕生日プレゼントも用意しよう。

桃花と出会う前は仕事だけの人生だった。こんな俺と一緒になってくれるなんて、今でも夢じゃないかと思うほど。向井なんて、桃花とつき合った当初は『なんか騙《だま》されてるんじゃないですか？』と本気で心配していたくらいだ。

ふと気づくと、桃花がスローに首をかしげている。

「婚約指輪っていらないかも。むしろ絵本だけのほうがいいな。結婚指輪はちゃんとほしいけどね」

これには拍子抜けしてしまった。

「一応それなりに貯金はしてきたつもりだけど」

「そうじゃなくってね、この絵本をもらえるだけでいいの」

絵本の愛蔵版が出ていないか調べてみよう。頭にメモしていると、桃花が細い腕を絡《から》ませてきた。彼女の名にふさわしい桃の香りがふわりとした。

「いつか自分の子どもにこの絵本を読み聞かせたいな。『あなたのお父さんがプロポーズしてくれた時にくれたのよ』って。だから絵本だけで十分」

桃花の夢を俺が叶えるよ。事故に遭って以来、ますます自信がなくなっていたけれど、桃花と一緒にいられるなら怖《こわ》いものなんてない。

誕生日にはこの気持ちをちゃんと言葉にして伝えよう。

職場からいちばん近くにある書店は、よくやってるな、と心配になるほど小さい。ビルの間に建つ古い一軒家で、そうとう昔から営業を続けているようだ。店主は後期高齢者と思われるおじいさんで、きっと昔から『おじいちゃん』と呼ばれていたに違いない。

取り寄せ注文をしようと店内に入り、念のためぐるりと回って探してみた。マイナーな本かと思いきや、絵本コーナーの隅に『わにゃんのだいぼうけん』が一冊だけ置いてあった。

会計を済ませて店を出るのと同時にスマホが鳴った。『タウンズ豊辺』で担当してくれている……名前が思い出せない。

『お世話になっております。「タウンズ豊辺」の早見《はやみ》です』

ああ、そうだ。早見さんだ。挨拶に行く時間がなく、いまだに電話やメールだけでやり取りをしている。

「お世話になっております。渡邊です。原稿が遅れてしまい大変申し訳ありません」

掲載の依頼を電話でしたあと、原稿を送るのを失念してしまったどころか、催促《さいそく》の電話をもらったことすら忘れていた。

『お気になさらないでください。入稿データをメールでお送りしましたので、明日の正午までに修正箇所がないか確認されて、ご連絡いただけますか？』

「はい、明日の昼までですね。かしこまり――」

ブブブブ！

爆発したようなクラクション音がすぐそばでし、目と鼻の先を車が通り過ぎて行った。遅れて風が顔に吹きかかる。気づかないうちに赤信号の横断歩道に足を踏み出していたらしい。

『もしもし？　渡邊さん、大丈夫ですか？』

「あ、はい。すみません」

ふいに頭痛が脳の中で騒ぎはじめた。いつも以上の鈍痛にギュッと目を閉じ耐える。

なんて言って電話を切ったのか覚えていない。周りの冷たい視線に耐えながら青信号になるのを待っていると、世界がじわりと歪みだした。青い空に浮かぶ太陽が楕円《だえん》形になり、足元にある白線もあみだくじのように形を変えていく。めまいの症状まで出てきたようだ。

主治医は何度受診しても同じことしか言わないし、薬も変わらない。保険会社も冷たいもので、たまに電話してくる程度だ。事故を起こした工場長もよそよそしく、まるで俺が悪いと言われている気分になる。

信号が青に変わっても足が前に出て行かない。歩き出したら、世界の底まで落ちて行きそうで怖い。頭痛とめまいがこの数日ひどくなっていたが、これほど強い症状は初めてだ。

とにかく会社に戻ろう。次に信号が青になるのを待って歩き出す。果てしなく続くような横断歩道を渡り終えてから気づく。

「あれ……」

ふいに見知らぬ街に放り出されたような感覚。見慣れた街角にいるはずなのに、ここがどこなのか見当がつかない。

ギュッと目をつむると同時に、「危ない」と誰かが言った。ああ、急に立ち止まったからか……。

ノロノロと歩道の端に寄り、頭痛が治まるのを待った。静かに目を開けると、遠ざかっていた喧騒《けんそう》が戻った。めまいももう、ない。

昼休みに書店に出かけただけ。会社はすぐそばにあるあのビルだ。たしかめながら歩くと、北風が俺を攻撃するように吹いていた。

オフィスにたどり着くと同時に、平松さんが飛んできた。

「ちょっと、どこ行ってたのよ！」

「え？　昼休みに外出すると伝えましたよね？」

珍しく眉《まゆ》を吊《つ》り上げた平松さんが、「は？」と短く問うた。

「聞いてないし、そもそももう二時半を過ぎてるんですけど」

まさか、と腕時計を見て驚く。二時三十五分。またタイムスリップをしてしまったようだ。この数日は気がつくと時間を飛び越えていることがあり、ぼんやりすることも増えている。

「申し訳ありません」

ほかのヤツらが興味深げに見てくるが、昼休みをかなりオーバーしたのだから当たり前だ。

俺はいったいどうしたんだろう。考える側から思考が自分から離れていきそうで……。

「体調がよくないの？」

「いえ、大丈夫です」

答えるそばから、『嘘つき』と言わんばかりの頭痛が襲ってきた。歯を喰《く》いしばっても消えてくれない。なんだよこれ、どうなってるんだ。

「ちょっと来て」

応接室に押し込まれ、前の席に座るように言われる。俺が座るのを見届けてから、平松さんは一枚の用紙を俺の前に置いた。

「これ、なにかわかる？」

さっき早見さんが言っていた入稿データだ。俺のメールに送ると言っていたのに、なぜ平松さんが持っているのだろう。あれ……担当者の名前はなんと言っただろう。

「『タウンズ豊辺』の早見さんから電話が来たの。あなたが戻ってこないから私にメールを転送してもらった」

ああ、そうだ早見さんだ。明日の正午までに返信でいいはずなのに、せっかちな性格なのだろう。

「今日のお昼までに確認済みの電話を入れる約束だったのよね？」

トントンと書類を赤色の爪で叩く平松さん。遅れて言葉の意味を理解する。

「え……違います。さっき電話をもらったばかりで、回答は明日の――」

「早見さん困ってらっしゃったわよ。何度スマホに電話してても出てくれないって。メールでの催促も何回かしたそうよ」

「まさか」

スマホを取り出すと、サイレントモードの表示が目に入った。トップ画面には不在着信が十二件と表示されている。

「え……」

着信履歴《りれき》を見ると、早見さんからの電話が八件、残りは平松さんとほかの求人誌からのもの。留守電も二件溜《た》まっている。

そんなはずはない。さっき早見さんと電話をしたばかりなのに。最後に電話を取った日を確認すると、昨日の昼過ぎになっている。

なにが起きているのかわからない。あれから丸一日過ぎたということなのか？

「ねえ」と、平松さんが声を落とした。その顔には心配そうな表情が浮かんでいる。

「最近少しおかしいわよ。ぼんやりしてるし、ミスだって連発してる。それに少しイライラしているようにも見える。事故の後遺症なんじゃないの？」

「あ……いえ」

平松さんの顔がぐにゃりとおかしな方向に曲がって見える。なんだこれは……。まるで俺を攻撃するモンスターのように思え、久しく感じたことのない怒りの感情がふつふつと湧いているのがわかる。

きちんと謝罪すべきところなのに、

「ヘンなことを言うの止めてください」

と突っかかってしまった。ゆるゆると首を横にふった平松さんが、真正面で俺の目を捉えた。

「じゃあ聞くけど、この間お願いした年末年始の時給アップの求人広告って依頼した？」

「あ……」

おぼろげな記憶の中に、付箋をデスクトップに貼りつけた記憶がある。今朝はたしか……なかったと思う。

ひょっとしてみんなで俺をはめようとしてるのか？

その時になり、やっと気づいた。持っていたはずの絵本が、ない。デスクには寄っていないから手元にあるはず。

椅子の周りを探す。なんでないんだよ。なんでみんなで俺を騙すんだよ。

「私の知り合いがメモリークリニックをやってるの」

平松さんの声にふと我に返る。こめかみに手を当ててると、さっきの痛みは幾分《いくぶん》和《やわ》らいでいた。

「物忘れ外来というのがあるそうよ。相談したら診《み》てくれるって言ってくれたの。私もついて行くからこれから受診しましょう」

そんなことはどうでもいい。絵本がないと困るんだよ。

言いたいことはいつも言えない。

「わかりました」

うなずく俺に、平松さんはゆがんだ世界の中でホッとした顔をしていた。


桜の木を見ると、なぜか泣きたくなる。

冬枯れに葉を落とした桜はみすぼらしく、かつて桃色の花を咲かせていたことが嘘のよう。まるで今の俺と同じだな。

最近設置したばかりだという木製のベンチに座り、俺は見知らぬ女性と話していた。違う……たしか名前は坂下《さかした》さん。このアパートの管理人だそうだ。

「もう十一月ですから外じゃ寒いですよね？　部屋に行きますか？」

長い髪に薄めのメーク、ピッタリとしたセーターがよく似合っている。美しい人だが桃花ほどじゃない。それに、女性の部屋に入るなんてとんでもないことだ。

それに、女性の声はやけに硬《かた》く耳に届いている。きっと人と話すのが苦手《にがて》なのだろう。俺もそうだからよくわかる。

「ここで大丈夫です」

そう答えてすぐに違和感を覚えた。

「今は……何月、ですか？」

「十一月十七日の日曜日です」

そうか、もうそんなに時間が過ぎたのか……。どうりで肌寒いわけだ。

「このアパートの名前は『メモワール』と言います。フランス語で『記憶』を意味する言葉です」

「……え？　あ、はい」

「どうしてこのアパートに来ることになったのか、渡邊さん、思い出せますか？」

思い出そうとするけれど、霧の中に立っているみたいに少し前のこともわからない。焦《あせ》っていることがバレてしまいそうで、無意識に体を硬くしていた。

俺の返事を待つように、坂下さんはお茶のペットボトルを飲んだ。ほんわりと浮かぶ湯気《ゆげ》が寒空にとけていく。その行方《ゆくえ》を追いながら、記憶の再生をはじめる。

「事故に遭ったんです。工場の設備が落下して、頭に当たった。それから、体調がおかしくなって、ええと、あれはなんていうのかな。ああ、そう異動になったんです」

彼女は聞いているのか聞いていないのか、地面に落ちた枯れ葉を手に取り見つめている。

「異動してからもミスばっかりで。ヘンな言い方ですが、まるで時間を越えているような感覚で――」

俺はなにを話しているのだろう。ここはどこなんだろう。俺は誰なんだろう。

「みんな俺のせいにするんです」

嫌な言葉がぼろりとこぼれた。その言葉に促《うなが》されるようにもっと嫌な言葉が口をこじ開ける。

「頼まれてもいない仕事をやってないと言われて、電話だってもらってないのに俺がもらったことにされて。責められるならまだいいが、みんな口を閉ざして目線だけで俺を非難してくる。あいつらみんなでグルになってるんです」

平……平松さんだ。誰に尋ねても皆一様に口を閉ざしていたのも、彼女が緘口令《かんこうれい》を敷いたせい。あの人ならやりかねない。

まるで針のむしろ。向井だってあんなによくしてやったのに、最近では俺を遠くから見ているだけ。人間なんて薄情なものだ。

「身に覚えのないことを責められて、挙句《あげく》の果てには管理者に受診するように言われました。そんなことより俺は絵本のことが心配で――」

そうだ、あの絵本はまだ見つからないままだ。ふいに桃花の顔が浮かんだ。

「あ……」

ごくんと唾《つば》を呑み込む。なんで桃花のことを思い出さなかったのだろう。

あたりを見渡してもどこにもいない。

「桃花は……あの、桃花はどこですか？」

中腰になる俺に、

「大丈夫ですよ」

坂下さんが初めて言葉に感情を込めた。

「桃花さんは今夜、あなたの部屋に来るそうですから」

けれど、次の瞬間には事務的な口調に戻ってしまう。

「ああ……桃花は来るんですね」

彼女のことを思い出せば、こんがらがった思考が解けていくようだ。鎮静剤《ちんせいざい》のように荒ぶる気持ちが穏《おだ》やかになるのがわかる。ベンチに座り直してから頭を下げる。

「すみません。少し混乱してしまいました」

「色々あったとお伺いしています」

彼女はこのアパートの管理人だと言う。なんで俺はここにいるのだろう？

最近はずっと頭にモヤがかかっているようで、川に流されるように時間だけが自分のまわりを過ぎていく。

「ご存じでしたら教えてください。俺に、なにが起きているのでしょうか？」

なぜかわからないが、坂下さんはすべて知っているような気がした。

坂下さんが言った。

「私が知っているのは、あなたが『猪熊《いのくま》メモリークリニック』を受診されて以降のことです」

「ああ、そういえば……」

平松さんに連れられて行った病院だ。新しそうな病院で看護師も親切だったが、担当医師だけはいただけなかった。愛想《あいそ》のない無精《ぶしょう》ヒゲを生《は》やした若い男で、せっかく行ったというのに『ここにはない機械での検査が必要なため、総合病院で検査してから再度お越しください』と言ってのけた。

「検査ができなかったんです。で、総合病院へ行って……」

「事故での後遺症だという診断を下すにはいくつもの検査をしなくてはなりません。ＭＲＩやレントゲンだけでなく、神経学的検査など様々です」

「ああ、そういう検査を受けた気がします」

平松さんは俺に仕事を休むよう進言しやがった。でも記憶の中には、出社している俺がいる。なにをしていいのかわからずに、困惑しながら、だけど平気なフリでパソコンの文字を見つめていた苦《にが》い記憶。

坂下さんが無表情な顔で俺を見た。その瞳に悲しみが揺らいでいるように思えた。

「あなたは、頭部外傷後遺症による若年性認知症です」

医師は冷たい目をしていた。総合病院での検査、そしてメモリークリニックでの検査を終えた俺に、その病名をあっさりと告げた。一歩うしろに立っていた看護師は俺と目が合うと、サッと伏せてしまった。

「俺が、認知症……？」

まさか、と笑いかけた顔が硬直《こうちょく》した。

認知症は、高齢者がなる疾患《しっかん》のはず。脳の障害によって持続的に記憶力が低下し、日常生活や社会生活に支障《ししょう》をきたすようになる——そういう症状を指す言葉だ。

坂下さんは、太ももの上で自分の指を絡《から》ませた。

「六十五歳未満で発症《はっしょう》した認知症を、若年性認知症と呼びます。渡邊さんの場合は、工場での事故が原因と思われますが、それを証明する必要がありました。現在は因果関係が認められ、後遺障害等級の認定がされています」

俺に理解できるよう、わざとゆっくり話している。が、頭に入ってこない。

これも平松さんが仕組んだことなのか？　そうに決まっている。

「いや、そんなはずは……」

「お仕事は休職中ですが、残念ながら復職は厳《きび》しいとの診断書が出ております。今は、成年後見人《こうけんにん》の申請をしていて——」

「待ってください！」

ギュッと目を閉じると、また耐えがたい頭痛が襲ってくる。俺を侵食《しんしょく》しようとする悪魔のような痛みの隙間《すきま》に、置いてきた記憶が一瞬見えた気がした。

猪熊と名乗る医師も同じ説明をしていた。何度も病院に付き添ってくれた平松さんは、休職中でも会社の寮にいてもいいと言ってくれた。

部屋に閉じこもる日々は暗く、陰鬱《いんうつ》とした時間が流れていた。廊下《ろうか》で会うヤツがささやく陰口、やっかみ、そして蔑《さげす》んだ目。

「ああ、そうだ。猪熊医師がこのアパートを紹介してくれたんだ。でも……なぜ？」

うつむくと、坂下さんの足元が目に入った。こんなに綺麗《きれい》な恰好をしているのに、ボロボロのサンダルを履《は》いている。

「なにか気になりますか？」

「あ、いえ……。サンダルじゃ寒くないのかな、って……」

するんと飛び出てしまった言葉に、坂下さんは両足を上げてみせた。

「お気遣《きづか》いありがとうございます。これは、昔とある人からもらったプレゼントでして、どうしても捨てることができないんです」

　さっと恋人かなにかだろう。にしては、いくらなんでも古くて色も落ちかけている。

「違います」

　俺の考えを読むように坂下さんは平坦《へいたん》な声で言った。

「春にしか会えない友だちがいるんです。いえ、いました。彼女からもらったプレゼントなので、捨てることができないだけです」

「いました、ということはもう会えないのですか？」

　ぶしつけな質問に彼女はため息で答えた。余計なことを聞いてしまったのかと思ったが、「そうですね」と言った口調はやさしかった。

「愛想のない私を見限ったのでしょう。あの頃の私は、自分の気持ちを言葉にすることができず、いつも不機嫌そうに黙っているだけでしたから」

　さみしげに言ったあと、彼女は俺を見た。

「だからこのサンダルだけは履いていたいんです。いつ彼女が現れてもいいように」

「失礼なことを聞いてしまいました」

　頭を下げながら、俺もちゃんと桃花への気持ちを言葉にしなくては、と思った。

失ってから気づくのでは遅すぎるのだ。

「渡邊さんに僭越《せんえつ》ながらお伝えしたいことがあります」

「はい」

坂下さんは背筋を伸ばしてから口を開いた。

「人は覚えたことの約八十パーセントを忘れる生き物です。残り二十パーセントの記憶を積み重ねて生きていくのです」

その言葉だけはすんなりと頭に入ってきた。坂下さんは穏やかな笑みを口元に浮かべている。そして、こう付け加えた。

「忘れてもいいんですよ」と。


俺の部屋は角部屋104号室らしく、部屋のドアのプラスチック製のプレートに『渡邊』と手書きの文字で記してあった。坂下さんの部屋は反対側の角部屋の101号室とのこと。隣の103号室には三十代の女性が、二階の204号室には母親と高校生の男子が住んでいるそうだ。

「こんにちは」

その高校生の男子の名は光瑠《ひかる》と言うらしい。俺がドアのカギがうまく開けられずにいたところ、爽《さわ》やかな挨拶をして出かけて行った。

部屋には寮で使っていた物が同じ配置で置かれてあった。間取りもほぼ同じらしく、違うのはガスコンロが電磁調理器に変わっていることくらい。

ダイニングからは駐車場が見渡せた。平日の昼間に停まっている車は軽自動車が一台だけで、きっと坂下さんの物なのだろう。

崩《くず》れるようにソファに倒れ込み、天井の白い壁紙を眺めた。

坂下さんによれば、このアパートは親から譲《ゆず》り受けた物らしく、業者に委託《いたく》していないせいで入居者の募集がうまくできず、半分も埋まっていないそうだ。猪熊医師と知り合いということもあり、こうしてたまに入居者を紹介してもらっている、と。

「ああ……」

濁ったため息を宙に逃がす。

まるでドッキリにかけられているみたいな気分だ。みんなで俺を騙して、反応を楽しんでいる。

スマホで『若年性認知症』を検索してみると、実に様々なサイトが出てくる。

「認知症は高齢者だけが患《わずら》うものではなく、若い世代でも発症することがあります。六十五歳未満の人が発症する認知症を総じて『若年性認知症』と言います」

書いてある文章を声に出して読んでみる。こんなに低い声だったか？　まだ四十にもなってないのに、これじゃあ老人の声みたいだ。

　検索ワードに『頭部外傷後遺症　若年性認知症』と打ってみる。

「事故などによる脳損傷《そんしょう》が原因で、認知症の症状が出る場合もあります。脳挫傷や慢性硬膜《こうまく》下血腫《かけつしゅ》などです。慢性硬膜下血腫の場合、頭の血腫を取り除くことができれば認知症が治る可能性があります」

　そこまで読み、ガバッと上半身を起こした。

　治る可能性があるのか？　そもそも自分が認知症だなんて認めていないし、単なる一過性のものだと信じている。

　あの医師は当てにならない。そもそも、本当に認知症になったとしたら、こんなふうにスマホを使えたりしないだろ？

「なにが認知症だ」

　スマホをソファの上に放り投げてもスッキリしない。ああ、イライラする。

　ふいにキッチンから声がして、

「どうしたの？」

「うわ！」

　大きな声を出してしまった。

　恐る恐る見ると、桃花がおかしそうに笑っている。これは……夢なのか？

「え、桃花……なんでここに？」

「夕飯の準備をしてるんだよ。あ、また寝ぼけてるんでしょう？」

仕事帰りなのだろう、いつも着ているスーツの上に、彼女の好きなキャラクターのイラストが入ったエプロンを着けている。

また時間を飛び越えたのか……。

それでもいちばんそばにいてほしい人がいることがうれしかった。洗い物をしている桃花に駆け寄り、うしろから抱きしめた。

「なになに。濡《ぬ》れちゃうよ」

「桃花……」

俺は若年性認知症になったんだ。そう言いたいけれど、もし口にしてしまったら彼女は離れてしまうかもしれない。

抱きしめていた腕を解《ほど》き、「ごめん」と言う。

「俺、ちょっとわけがわかんなくなってて……」

「お仕事休んでるんだもんね。でも、ちょっとうれしいの。だって前は独身寮だったからあまり通えなかったでしょう？　ここなら堂々と来られるしね」

桃花の話す言葉は好きな歌のように、耳に心に届くんだ。わけのわからない世界でも、桃花となら生きていける。

「桃花がいてよかった」

素直な気持ちを告げると、桃花が「え？」と体ごとふり向いた。

「待って。プロポーズは誕生日にする約束でしょう？」

「もちろん」

と言ってから考える。今日は何月何日なのだろう？　ああ、さっき坂下さんに聞いてみればよかった。

「匂わせはダメだからね。私、毎日楽しみにしてるんだから」

けん制したあと、桃花はフライパンのフタを開けた。湯気とともにハンバーグの香りがしている。

俺の病気は治るはず。ネットにもそう書いてあったし、きっと大丈夫。

そういえば、あの絵本はどこで失くしてしまったのだろう？


昼間というのに薄暗い。晴れているのに薄暗い。

スマホの地図を見ても、どっちに行けばいいのかわからず、さっきから同じ場所を行ったり来たりしている。気の早いクリスマスのメロディがざらりざらりと不快に届く。

「くそ」

苛立ちを言葉にすると、信号待ちをしていた隣の女性がびっくりした顔で見てくる。

信号が青になり、横断歩道を渡るとようやく見たことのある場所に出た。たしかここを右へ行けば……。

前方に小さな書店が見えてきた。ほらみろ、俺だってやればできるんだ。

結局、絵本が出てこないまま十二月に入った。日々は泥水をかきわけるように、もがいても前に進まず、むしろ後退するように続いている。

治るかもしれない、と期待した俺に、医師は間を置かずその可能性を否定した。淡々と説明する医師になにか怒鳴ったような記憶がある。

唯一の親族である従妹は成年後見人になることを拒否したらしく、家庭裁判所から任命されたという男性が担当になった。ある程度の判断ができるということで、『補助類型』になったそうだが、顔も名前も覚えていないヤツになにができるんだ。

苛立ちが積み重なるのと反比例し、なにかが自分から失われていく。一枚一枚、俺という人間から剝《は》がれていく記憶を、俺はただ見ていることしかできない。

ぜんぶ剝がれ落ちてしまった時に、俺は終わるのだろうか。わからない、わからない。

「桃花」

呪文《じゅもん》のようにつぶやく名前。どんなに記憶を失ったとしても、桃花の記憶だけは消したくない。彼女と幸せに過ごせるならば、ほかになにもいらない。

書店の入り口のドアを開けると、暖房の風が顔に当たった。店主のおじいさんはまるで昔からおじいさんだったような顔で「いらっしゃい」と言う。

初めて来た書店だと思うが、すぐに絵本コーナーがどこにあるのかがわかった。

「ああ」

すぐにその表紙が目に飛び込んできた。犬だか猫だかわからないイラストが描いてある絵本のタイトルは『わにゃんのだいぼうけん』、桃花が好きだと言っていた物に違いない。

会計を済ませ、会社への道を急ぐ。たしか、こっちで合っているはずだ。

この間は道に迷ったせいで昼休みをオーバーしてしまった。あの人は時間にうるさいからな。でも病院に付き添ってくれるやさしさには感謝していて、今日は天気がよくて、あの人の名前が思い出せなくて、俺には桃花がいて――。

ビルの入り口ではたりと足を止める。自動ドアが目の前で開き、そして閉じた。

「ああ、そうか……」

今はそう……休職中だった。冬なのに額に汗までかいて、なにをしているんだ。

「渡邊さん」

入り口から出てきた男性が、俺をそう呼んだ。スーツを着ていて、線の細い若い男だ。

「どこに行かれるんですか？　体調はもういいんですか？」

人懐《なつ》っこい笑みを覚えている。名前は出てこないが、たしか前は一緒の部署だったはず。

「いや、まだ……」

「そうなんですね。でも、久しぶりに会えてうれしいです」

「ああ」

「すみません、ゆっくり話をしたいんですが、約束があって向かわなくちゃいけない所があって」

首からぶら下げた社員証が揺れてよく見えない。『向田《むこうだ》』だろうか、『向井』とも読める。

「悪かったな。俺もただ通りかかっただけだから」

言い訳みたいだ。いや、実際、言い訳か。一礼した男性が「あ」となにか思い出したように顔を輝かせた。

「そうだ。営業部についに補充人員が入ったんですよ。なんと経験者なんです」

最近は桃花以外の人と話すと、その言葉の意味がすんなりと頭に入らなくなった。外国語を聞いているかのよう。

「よかったな」

よくわからないまま答えると、目の前の男性が大きくうなずいた。

「渡邊さんが依頼してくれた求人のおかげですよ。『タウンズ豊辺』、意外に反応大きくてびっくりしてます。あとは総務部の補充だけですね」

なんの話をしているかわからないが、あいまいにうなずいてやり過ごした。

「渡邊さんが退職してさみしいです。また遊びに来てくださいね」

男性がさみしそうに言ったその言葉だけは、すぐに理解することができた。

桃花へのプレゼントは彼女が大好きな絵本。けれど、俺には手に入らない運命なのかもしれない。

買ったはずの絵本は、たしかに家に持ち帰ったはずなのに見当たらない。探しても探しても、まるでかくれんぼしているように消えてしまったまま。

数日前に部屋に現れた男性は、俺の成年後見人《しえん》だと名乗った。一緒に来た若い女性はヘルパーと呼ばれる人で、今後、日常生活支援に入るとかなんとか。食事も弁当の配達があるそうだが、断った。スーパーだってコンビニだってあるし、今は必要がない。

男性が言うには、俺の病気は徐々に進行していくとのこと。一般的にはゆるやかに段階を経ていくことが多いそうだが、俺の場合は高次脳機能障害やうつ病も発症しているため、まずは気持ちを安定させることが必要だと言っていた。

言われたことをメモした文字はのたうちまわっていて自分でもよく読めない。そもそもあの男性が話した内容を理解できなかったし、自分のこととは思えない。

スマホを開くと、十二月十五日と表示されている。

年末で忙しかったのだろう、今日は久しぶりに桃花に会える。あの公園で待ち合わせをしたかったのに、桃花は俺の家で会いたいと譲らなかった。プロポーズまでは、あの公園には行きたくないようだ。

一日の中で、意識がはっきりしている時間はどんどん少なくなっている。

俺から生まれた別の人格に意識ごと乗っ取られているみたいだ。今日はアパートの住人の女性に意味のわからない話をしている自分を、檻《おり》の中から見ているかのようだった。

柵《さく》を握り締め、『それは俺じゃない』と叫んだって、相手には届かない。それでも女性はやさしい笑みを残して端っこの部屋に戻って行った。

俺はもう、壊れてしまったのだろうか。自分が自分でなくなる前に、俺にはしなくてはいけないことがある。

部屋のチャイムが鳴り、カギを開ける音がした。ドアを開けた桃花が「え？」と驚いた顔で玄関の照明をつけてから小走りで部屋に入って来る。

「電気もつけないでどうしたの？」

桃花がダイニングの照明をつけ、俺はまぶしさに目をギュッとつむった。

「武史」俺の名前を呼ぶ声がする。

「暖房もつけてないじゃない。寒かったでしょう」

エアコンが動く音。桃花のやさしい香り。俺の会いたかった人。

「大丈夫、寒くないよ」

「お腹空いてるでしょう？　今日はお鍋にしようと思って」

桃花はスーパーの袋を提げていた。彼女の美しい唇から白い息が魔法のように生まれている。

「桃花、こっちに来て」

自分を保てている間に俺には言わなくちゃいけないことがある。

「え？　あ、うん」

俺の前に座ると、桃花はこたつの電源を入れてくれた。彼女に触れたい気持ちを必死でこらえて、俺も正座をする。不安げに揺れる桃花の瞳から目を逸らし、俺は言う。

「――俺と別れてほしい」

なんだ、ちゃんと言えたじゃないか。

「三年もつき合ってて言うことじゃないとわかってる。でも、どうしても別れたいんだ」

昔観た映画では、相手のために別れを告げるラストシーンを見て呆《あき》れたものだ。同じような立場になった今、あの主人公の選択《せんたく》が正しかったとやっとわかった。

わかれたくなくてもかのじょのためをおもうなら、そうしなくてはいけない。おれにはもうじかんがない。ももかをてばなさなくてはかのじょがしあわせに――。

思考の渦《うず》に呑み込まれそうな自分を必死で留めた。

「仕事も辞めたし、これからの生活もどうなるかわからない」

桃花にだけは病気のことを知られたくない。嫌われたくないんだ。

「だから、俺と別れてほしいんだ」

なぜなら、桃花を幸せにすることはできないから。俺にはどんなにがんばっても、桃花の笑顔を守り抜く力がないんだ。

歯を喰《く》いしばりながら、あくまで冷たい顔をつくった。俺を嫌いになれば、桃花は自由になれる。

「私のことが……嫌いになったの？」

違う。違う、違う違う！

「そうだよ。だからプロポーズはできない」

どんなに頭が痛くても、視界が狭くても、これだけはちゃんと伝えたかった。

握り締めた拳《こぶし》を解き、桃花を見ると大きな瞳に涙が浮かんでいる。桃花を悲しませたくはないが、俺がいると彼女の未来は閉ざされてしまう。後悔はあとでいくらでもすればいい。

どれくらい時間が過ぎたのだろう、気づくと桃花はいなくなっていた。スーパーの袋が置き去りにされている。

これでよかったんだ。自分が自分でいられるうちに、この暗闇から彼女を逃がしたかった。

暖房の効いた部屋には、まだ桃花の香りが残っている。

「ああ……」

ひとりぼっちになった自分を感じながら、やっと泣くことができた。

時間は俺を置き去りにして過ぎていく。あれから何日過ぎたのだろう? いや、何カ月、何年かもわからない。わからない、わからない、わからない、わからない。

桃花と別れてから、俺はゾンビになった。生きているのか死んでいるのかもわからず、ただ息をしているだけの存在。

毎日のように部屋に来るヘルパーさんはやさしく、孤独な俺にとってはありがたい存在になっている。いつも朝一で来るが、たまに夜も様子を見に来てくれている。

成年後見人、と名乗るあの男性からの連絡はしばらくない。もう顔も名前も忘れてしまった。部屋の隅には弁当のパックが転がっている。契約をした覚えがないので、あの男性が自己判断で手配してくれたのだろう。

ずっと桃花のことばかり考えてしまう。今頃なにをしているのだろう。どんなことを考えているのだろう。俺のことを少しは……。

自分から別れを口にしたくせに情けないが、失って初めて存在の大きさを感じている。

鏡に顔を映すと、もはや無精ヒゲと呼べないくらいの長さに育ったヒゲ面《づら》の俺がいる。ボサボサの髪とくぼんだ目、やせぎすの顔。『美女と野獣』の野獣に近づいているようだ。

この数日は症状の進行が感じられず、むしろ頭がはっきりとしている。桃花を手放したことで俺自身もなにかから解放されたとしたら、なんて皮肉なことなのだろう。

「桃花」

何度名前を呼んでも、もう彼女はいない。今さらながら後悔《こうかい》している自分に気づき、情けなくて少し笑った。

ピンポーン。

チャイムが鳴った。毎回、桃花が戻って来たのかと鳴るたびに期待していたけれど、近頃はもうあきらめている。きっと弁当の配達かなにかだ。

ドアを開けると、見たことのある男性が立っていた。ああ、彼は上の部屋の住人だ。若い男性でおそらく社会人、ポストの前や桜の木の下でたまに会うので、挨拶くらいは交わしている。

「こんにちは、204号室の潮野《しおの》です。回覧板を届けにきました」

郵便ポストに名前が書いてあったことを思い出す。そうだ、たしか母親とふたり暮らしだったはず。前に話した時に、名古屋まで通勤してると言っていた。

人と接する時は毎回緊張してしまうが、営業で培《つちか》った笑顔は自然にこぼれる。

「わざわざありがとう」

「年末のゴミ回収のお知らせだけなので、サインしてくだされば管理人さんの部屋に戻しに行きますよ」

緑色のファイルを開くと、確認欄には『坂下』と『潮野』の印鑑《いんかん》しか押していない。あれ、隣の部屋にも誰か住んでいたような……。

口にしたわけでもないのに、「そうなんですよ」と潮野さんは言った。

「103号室の早見さん、ご結婚されるそうで引っ越してしまったんです。管理人さんを除けば、うちと渡邊さんだけになっちゃいました」

困惑したような顔をしてみせる彼も、俺と同じ営業職なのだろうか。似た色を感じるなんて、二十代の若者には失礼か。

「回覧板は自分で持って行きますよ。お気遣いありがとう」

「よいクリスマスを」

潮見さんはにこやかに帰って行った。

……クリスマス?

壁にかかったカレンダーには一日の終わりにマル印をつけるようにしている。今日は……十二月二十五日だ。

その文字を見た途端、「ああ」と思わず声が漏《も》れていた。まるで抑えていた感情を解き放ったように、桃花への想いが一気にあふれ出すのがわかった。同じくらいの後悔に、思わずその場に座り込む。

もう一度会いたい。いや、桃花のそばにずっといたい。

「桃花……」

けれど今さらどんな顔をして会いに行けばいいのかわからない。それに俺のそばにいたら桃花を不幸にしてしまう。それだけはどうしても避けたかった。

これでいいんだ。こうするしかなかったんだ……。

そう自分に言い聞かせ、深呼吸をくり返した。

回覧板にサインをし、ドアを開けると敷地内にある桜の木が目に入った。冬枯れの桜は北風に吹かれ、まるで今の自分と同じように思えた。

101号室の郵便ポストの中に回覧板を落とそうとして、ふと思い出す。

そういえば、管理人の女性――名前は知らない――が、前になにか教えてくれた気がする。たしか俺の病気に関することだ。人は忘れる生き物、とかなんとか……。

だとしたら桃花のことを忘れるにはどうすればいいのか教えてほしい。思い出さなければ、この地獄のような日々も終わりを告げるだろう。

101号室のチャイムを鳴らすと、まるで俺の来訪を待っていたかのようにすぐにドアが開いた。前に会った時より髪は短くなっているが、白いセーターとロングスカートがよく似合っている。

「あれ……」

玄関先に並べてある靴はどれも新しい物ばかりだった。たしか昔の友だちにプレゼントしてもらったと言っていた古いサンダルばかり履いていたような……。

「ああ、サンダルのことですか？」

その女性はにこやかにほほ笑んだ。前はもう少し無愛想《ぶあいそう》なイメージだったのに、どういう変化なのだろう。

そもそも、このひとのなまえはなんだろう？　――ああ、そうだ坂下さんだ。

おれはなにをしにここにきたんだ？　――わからない。わからない。

頭の中にもうひとりの自分がいるようだ。

「人は覚えたことの約八十パーセントを忘れる生き物です」

その声にハッと顔を上げた瞬間、俺は自分の目を疑った。玄関先にいたはずなのに、なぜか部屋の中にいる。石油ファンヒーターとこたつがあるだけの簡素な部屋で、坂下さんと向かい合って座っている。

「え……なんで」

驚きを隠せない俺に、坂下さんは「どうぞ」と目の前に置かれたカップを手のひらで示した。紅茶から湯気は出ておらず、ここに来てずいぶん経ったことがわかる。琥珀色《こはくいろ》の液体を飲んでもまるで味がしない。

「すみません。あの……俺はなんでここにいるんですか？」

「記憶について話が聞きたいとおっしゃったのでお招きしました」

淡々と答えると、坂下さんは優雅《ゆうが》に紅茶を口に運んだ。

「そうでしたか。すみません、最近はわからなくなることが多くて……」

「大丈夫ですよ」

不思議とさっきまであった焦燥感《しょうそうかん》は消えている。

「俺は、記憶を失う……そういう病気になったんです」

病名が出てこない。こんな大事なことすら忘れてしまうなんて、情けなさよりも悔《くや》しさで狂ってしまいたくなる。

「若年性認知症ですね」

「そう……そうです。そのせいで会社も辞めました」

「存じております。渡邊さんご自身が話してくれましたから」

そうだったかな。言われるとそんな気もしてくる。

「忘れることが怖いんです。朝起きるたびにどんどん自分ではなくなっていく気がして、いつかとんでもないことをしでかすんじゃないかって……」

剝がれ落ちた記憶は、割れたガラスのように二度ともとには戻らないのだろう。

そう考えると、自分を形成してきたのは記憶だけだったということだ。なにも覚えていなければ、なにもなかったのと同じこと。

「大丈夫ですよ」

先ほどと同じ言葉をくり返した坂下さんが、

「人は覚えたことの約八十パーセントを忘れる生き物ですから」

坂下さんはやわらかい口調で言う。でもそれは健康な人の例《たと》え話だ。

「俺の場合はもっとひどいのでしょうね。覚えてなくてはいけないことを失っていく。こんなこと管理人さんに言うのはおかしいし、不安にさせるだけだとわかっているんですが、ほかに話せる人がいなくて」

ヘルパーさんにさえ病状について相談することができずにいる。成年後見人と名乗るあの男性は信用できないし、連絡も途絶えているので尚更《なおさら》だ。

「渡邊さんには相談できる人がいるじゃないですか」

「え？」

「木下桃花さんです」

頭の奥がジンと音を立ててしびれた。桃花のことも以前話したのだろうか。

「実は、別れたんです。半月ほど前のことです」

苦い味が口の中で広がった。坂下さんは少し目を見開き、意味がわからないというようにゆっくり首をかしげた。

「プロポーズの約束はどうするんですか？　もう桃花さんへの気持ちは冷めたということですか？」

「違う。そうじゃない。そうじゃなくて……」

また思考が渋滞《じゅうたい》をはじめている。もうひとりの俺の声が聞こえる。

――おまえのせいだ。おまえがぜんぶわるいんだ。

「俺は人の幸せを奪うだけなんです。仕事もダメになってしまったし、結婚も……。俺にはもうなにもないんです」

「そうでしょうか。私はあなたによって変わったと思います」

そんなことを言う坂下さんに眉をひそめた。知り合ってそんなに経っていないのに、なにを言ってるんだろう。

「いえ、あなただけじゃなくこのアパートに住んでおられる皆さんが私を変えてくれました。人はそうやって無意識に他者に影響を与える生き物だと思います」

「すみません。言っていることがよく、わかりません」

肩を落とすみじめな俺。なにもない俺。役立たずの俺。

「渡邊さん、私を見てもらえますか？」

その声に、いつの間にかうつむいていたことを知る。視界が狭いせいで、じっと意識と目を凝《こ》らさないと坂下さんの顔が見えない。

「私は昔から見たこと聞いたこと、感じたことまですべて記憶しています」

「え？」

「桃花さんとも何度かお話をする機会がありましたが、いつもあなたへの愛であふれていました。そんな彼女が、簡単にあなたへの想いを手放すでしょうか？」

立ち上がった坂下さんが、隣の部屋に消えたかと思うと手に白いコートと黒いベンチコートを持って出てきた。どこかへ出かけるのだろうか？

「私の予想では、桃花さんは今日、あの公園であなたを待っているでしょう」

「まさか……」

乾いた声でつぶやく。いくらプロポーズの約束をしたからと言っても、別れてほしいと言った俺を許すはずがない。待っているはずがない。

黒いベンチコートを差し出す坂下さんに、首を横にふる。

「無理です。今さら会ってもプロポーズなんてできない。もう俺には桃花を守る力がない。俺がいちばん苦しいのは、桃花を不幸にすることだから！」

感情が泣き叫んでいる。激昂《げっこう》する自分は、もう本当の野獣になってしまった。魔法を解いてもらっても、もとの人間には戻れない。

「幸せか不幸かは、あなたではなく桃花さんが決めることでしょう？」

「な……」

「あと、守るとか守られるという役割を決めつけるのはおかしいと思います。そもそも、『相手を守る』という言葉自体、私は好きじゃありません」

こたつの上にベンチコートが置かれた。俺の目線の高さに合わせるように、坂下さんが上半身を折った。

「渡邊さんが現状から逃げたい気持ちはわかります。私もすべての記憶が刻まれてしまう自分が嫌になり、実際に逃げ出してここに来たんです」

なにを言っているのかがわからず、紅茶色の瞳をぼんやりと見つめる。

「でも、逃げたいのは渡邊さんが戦っている証拠《しょうこ》だと思うのです。立ち止まってしまうのは、前に進みたいから。目を逸らすのは、本当は見たいから」

「……すみません。理解が追いつきません」

素直に言うと、坂下さんは「ふっ」と息を吐いた。

「大事なのは、あなたが桃花さんを愛しているかどうかですよ」

坂下さんが笑うのを初めて見た気がした。もう彼女は白いコートに袖を通している。

俺が桃花を愛しているかどうか。そんなことは桃花に関係ないし、むしろ桃花の未来にとって邪魔《じゃま》なだけ。

わかってはいても、心が叫んでいる。桃花に会いたいと叫び続けている。

初めて来た書店なのに、なぜか絵本のコーナーがどこにあるのかがわかった。タイトルを見て思い出す、『わにゃんのだいぼうけん』のイラストがかわいらしい。人気作なのだろうか、五冊も同じ本が並んでいる。

ずっと『おじいちゃん』と呼ばれていたような店主は、俺が本を差し出すと、奥のカウンターに置いてあるラッピングされた本を手渡してきた。

「え……？」

「プレゼント用に包んでおきました。どうぞ」

クリスマスのサービスなのだろう。桃花だけが好きなマイナーな絵本だと思い込んでいたけれど、違ったらしい。

外に出ると、寒そうに体を縮《ちぢ》こまらせていた坂下さんが俺の手元に笑みを送ってきた。

「探していた本、あったんですね」

「はい。まだ数冊残っていました」

今度こそ失くさないようにしないと。胸でしっかり抱える。坂下さんは、髪型やコートもきまっていて、靴もクリーム色のパンプスを履いている。

じっと見ていることに気づいたのだろう、

「外に行くときはあのサンダルはもう止めたんです」

坂下さんはそう言って歩き出した。気を悪くしたかも、と心配になるが、これからのことを考えるとそれどころじゃない。

桃花があの公園にいる、と坂下さんは言った。普段はすぐに忘れてしまうのに、枯れた地に水を注《そそ》ぐような希望の言葉が、俺を捕《とら》えて離さない。

太陽はすでに落ち、夕焼け空は時間とともに夜の藍色《あいいろ》を濃くしている。

駅裏通りを抜け、なだらかな坂をのぼると左手に公園が広がった。すぐに桃花との思い出の公園だとわかったけれど、入り口の看板やブランコの色が違うように思えた。

「私はここで待ちますので、どうぞたしかめてきてください」

入り口で足を止めた坂下さんにうなずき、砂利道《じゃりみち》へと足を踏み入れた。

不思議と怖くなかった。あきらめていたわけではなく、むしろその逆で、桃花がいてくれるような気がしていた。

寒さのせいなのか、クリスマスの奇跡なのか、さっきから頭がやけにクリアだ。白い息を吐きながら公園の中央に進むと、遠くに街明かりが見えてくる。

手前にあるベンチに座るうしろ姿を見た瞬間、俺は走り出していた。砂利を蹴《け》り、もつれそうになりながらその名を呼ぶ。

「桃花……！」

間違いない。見間違うはずがない。

そばに駆け寄る俺に、桃花はやさしく笑みを返してくれた。

「桃花、どうして……どうしてここに、来たの？」

少し走っただけで息が切れている。白い息を量産する俺に、桃花はクスクスと笑った。

「そう言う武史だって来てくれたじゃない」

半月前に別れたばかりなのに、桃花の見た目は前と変わっていた。ああ、髪を少し切ったせいか。服装も見たことのないコートを着ている。

隣に座りその手を握った。どれくらい待ってくれていたのか、氷のように冷たい手を必死で温める。涙が思わず滲《にじ》んだ。

「俺が悪かった。別れたいなんて思ってなかった。嫌われるのが怖くて……逃げたんだ」

「うん」

俺がそう言うのがわかっていたかのように、桃花は目じりを下げてうなずいた。

「事故の影響で病気になったんだ。若年性認知症という病気のせいで、ぜんぶ失ってしまって、だから、だから──」

うまく言葉が出てくれず、もどかしさで悶絶《もんぜつ》しそうだ。

ふと両手が温かく感じて目をやると、今度は桃花が俺の手を握ってくれていた。

「ぜんぶじゃないよ。私がいるじゃない」

あんなにひどいことを言ったのに、桃花は笑顔まで作っている。

「でも、俺はいつか忘れてしまう。こんなに好きな桃花のことも、きっと忘れてしまう。いつか桃花を悲しませてしまうんだ！」

こらえていた涙がダムが決壊《けっかい》したようにあふれた。ボロボロと大粒の涙が俺たちの手に落ちる。

「ひとりでいる時間のほうが悲しいよ。武史もそうだったでしょう？」

「ああ……うん」

桃花の瞳も潤み、星空のようにキラキラと輝いている。

「それに、別れの理由を言いにここまで来たの？　だとしたらそっちのほうが悲しい」

たまに口喧嘩した時などによく見せる頬を膨らませるポーズに、胸が熱くなる。

「違う、俺は桃花に気持ちを伝えたくて……」

「だったらちゃんとプロポーズして。私、ずっと楽しみにしていたんだから」

桃花がなぜか俺の足元を指さした。いつの間にか落ちていた包み紙を慌《あわ》てて拾い上げる。

もう迷いはひとつもなかった。どうせ忘れていくのなら、マイナスな思考を失っていきたい。

プレゼントをそっと差し出して俺は言う。

「そばにいてほしい。桃花、俺と結婚してください」

「はい。よろしくお願いします」

夜が弾《はじ》けるほどの笑顔で桃花は大きくうなずいた。

この美しい顔をいつまでも覚えていたい。俺からいろんな記憶が消えたとしても、最後に残るのが桃花であってほしい。

強く抱きしめると桃花の香りがした。間違いなく、俺は世界でいちばんの幸せ者だ。


腕を組んで公園から出ると、坂下さんがウロウロと歩き回っていた。

「坂下さん」

俺よりも先に桃花が声をかけたから驚く。そう言えば、何回か話したと言っていたっけ。

坂下さんの前に進み、俺は頭を下げた。

「色々ありがとうございました。おかげさまで無事、成功しました」

「そうでしたか。よかったですね」

思ったよりも薄い反応を示してから、坂下さんは自分の足元を指さした。

「やはり、こういう時期はブーツとかにしたほうがよかったでしょうか？」

なぜ今、靴のことを？　てっきりプロポーズの成功を喜んでくれると思っていたから絶句してしまう。

隣で桃花が小さく笑った。

「やっと私のアドバイスに耳を傾けてくれたんですね。坂下さんは絶対にブーツが似合いますすって。一度見に行ってくださいよ」

「ですね。桃花さんの旦那さんも会うたびに私の靴を見てきますから」

「旦那？」

思わず聞き返してから、今のプロポーズを見られていたことを知った。言葉に詰まる俺に坂下さんは小さく笑った。

「では、早速ブーツを買いに行ってきます。渡邊さん、よかったですね」

「ありがとうござ――」

言葉の途中で坂下さんは歩いて行ってしまった。眉をひそめる俺の腕を桃花が引っ張った。

「ね、帰りにスーパーに寄っていこうよ」

「誕生日なのに？　どこか、レストランにでも行こうか」

今日は桃花の誕生日であり、プロポーズした記念日でもある。

「いいから、ほら行こう」

歩き出す桃花に苦笑する。半月前とはまるで別人みたいだな、いい意味でだけど。

それから俺たちは駅前のスーパーで食材を買い込んでからアパートに戻った。遅くなったけど、桃花はこれから料理をすると言う。

「先に部屋行ってて。俺は郵便ポスト見てくるから」

ポストの前に行くが、まだ坂下さんは戻っていないらしく部屋の電気は消えたまま。

いつもはモヤがかかったような世界でも、ごくたまに水中から顔を出したように頭がすっきりすることがある。今がその時らしく、病気を発症してから今までのことが走馬灯《そうまとう》のように浮かんだ。

いろんな人にたくさん迷惑をかけたし、これからもかけるだろう。記憶を失うのが止められないのなら、新しい思い出を桃花とたくさん作っていきたい。

頭にそっと触れても、あんなにあった頭痛はもうない。こんなに幸せな気持ちになれることは二度とないと思っていたから、にやけてしまう。

郵便ポストに手をかけた時、わずかな違和感に指が止まった。

なんだろう、という疑問に被《かぶ》せるように、自転車のブレーキ音が聞こえてふり返る。

「こんばんは」

二階の住人だ。たしか名前は……ポストで確認すると潮野光瑠と記してある。

挨拶を返すと、潮野さんはポストの中を確認してから自転車を階段の下に停めた。スーツのネクタイが風になびいているのを見て、まだ不思議な気がした。

そういえば、俺が最初に坂下さんに会った時、二階には母親と高校生の男子が住んでいると聞いた気がする。

潮野さんが二階のドアを開けるのを見送ってから、ため息ひとつ。

記憶が混同しているのだろう。それより、やっと自分を取り戻せた今、早く桃花に会いたい。

ポストの中にあったチラシを手にしてから閉める。ガシャンと派手な音とともに、俺の部屋の表札が目に入った。

渡邊武史
桃花

俺の横に桃花の名前が記されている。

「え……？」

呆然《ぼうぜん》としたまま部屋に戻ると、桃花はエプロンを着け調理に励んでいた。

「座って待っててね。暖房、早く効くといいけど」

部屋を見渡す。

なぜ今まで気づかなかったのだろう。テレビの横にある棚には俺と桃花の写真が飾ってあった。黒いタキシード姿の俺と、ウエディングドレス姿の桃花が笑っている。

棚の下の引き戸を開けると、そこには『わにゃんのだいぼうけん』の絵本が十冊以上並んでいた。なぜ同じ本がこんなに……。

「思い出した？」

桃花が調理の手を止めてそう尋ねた。

「……ああ」

声がゆがんでしまう。

桃花は手を洗い、さっき俺がプレゼントした絵本を持ってそばに来た。

「毎年クリスマスが近づくと思い出しちゃうんでしょうね。でも、それだけ別れたことを後悔してくれてたってことだから」

「え……じゃあ、坂下さんは？」

「武史はクリスマスの日に坂下さんのところへ相談に行くの。彼女が武史を公園に連れてきてくれるまで、私はワクワクして待ってるんだよ」

そうか、そうだったんだ……。

結婚してからも症状が進み、いちばん強烈な記憶が残っているあの別れの日に戻ってしまっていたんだ。そして、何度も桃花にプロポーズしていたんだ。

「あれから十年が過ぎたの？」

「違うよ。今日で五回目のプロポーズだから五年が過ぎたの。私の誕生日前に絵本を買っちゃうと、目に入らなくなるみたい。でも、どの本にも思い出が残ってるんだよ」

自慢げな顔で桃花は言った。

「つき合わせてごめん」

潮野さんが社会人になっても、俺は同じ場所でグルグル回っていただけなんだ。

肩を落とす俺を、桃花がパシンと叩いた。

「ほら、またマイナス思考になってる。忘れることは悪いことばかりじゃないんだからね。五年連続でプロポーズしてもらえるなんて幸せすぎるもん」

白い歯を見せて笑う桃花は、前よりも輝いて見えた。

「桃花……強くなったな」

「それって態度が大きくなったってこと？」

ぶうと頬を膨らませた桃花が、「ね」と俺の手を取った。

「忘れたって大丈夫。私が思い出させてあげるから」

「忘れないよ。桃花のことだけは絶対に忘れない」

忘れることは悪いことばかりじゃない。だって、俺はこれから何度も君に恋をするのだから。

あふれる涙をそのままに桃花を強く抱きしめた。

君を笑顔にしたい。心からそう思った。

第 四 章

「同じ景色を見ていた」

Residents of Mémoire

Written by Inujun

坂下《さかした》凪咲《なぎさ》（三十六歳）

『猪熊《いのくま》メモリークリニック』の駐車場は空いていた。午前の診療時間が終わってから三十分が過ぎているので、残っている受診者もほとんどいないのだろう。

車を降りて歩き出せば、三月とはいえ風に冬がしがみついている。今年の春一番は二月十六日に観測され、去年は二月十四日、その前の年は観測されていない。春一番が吹いた翌日はたいてい寒くなり、今年の二月十七日の最高気温は七度しかなかった。去年は八度で、昼間には二時間ほど粉雪が舞っていた。

どうでもいい記憶が、どうでもいい時にばかり頭に浮かぶ。

ひとつなにかを考えれば、芋《いも》づる式に見たこと聞いたこと感じたこと、においまでもがリアルに思い出せる。幼い頃からなにも変わらない。

三十六歳になったというのに学生時代を思い出せば、初恋の胸の高鳴りやひどく傷つけられたことも、まるで現在進行形で体験しているようだ。

「もう……」

イラつく気持ちを抑え、病院の自動ドアを入ると明るくセンスのよい受付が出迎える。駅から離れているとはいえ、これほど大きな敷地を有する個人病院は珍しい。

コートを手にかけ受付に進むと、カウンターに座る柴崎《しばざき》真湖《まこ》さんが私に気づきニッコリ笑った。

「坂下《さかした》さん、こんにちは」

客室乗務員のように髪をギュッとうしろで縛るスタイルは長年変わらない。四月三日が誕生日で、今年で二十九歳。牡羊座のO型だ。

「こんにちは。真湖さん、明日は結婚記念日ですよね。おめでとうございます」

そう言う私に真湖さんは童顔をほころばせた。

「ありがとうございます。さすが坂下さん、覚えてくれてたのですね」

二年前の三月十六日に結婚式を挙げ、十八日に入籍を済ませた。ご主人の名前は誠《まこと》さんで、よく似た名前の夫婦だ。

「自動で脳に記録されますから」

「すごいなあ。私なんてなんでも忘れちゃうから、毎日落ち込んでばっかり。『超《ちょう》記憶症候群《きおくしょうこうぐん》』って言うんですよね？　少しでもいいからわけてほしいくらい」

「そんなうらやましがられるものじゃないです。なんでも覚えてるのって、苦痛でしかありませんし」

この言葉をこれまで何度くり返してきただろう。最初は小学二年生の十一月二日、次が翌年の二月一日で三回目は……やめよう。いちいち思い出しても切りがない。

「だけど、うれしいな」

ふふ、と真湖さんが笑った。意図がわからずまばたきをすると、真湖さんが首を軽く横にふった。

「坂下さんとこんなふうにお話ができてうれしいです。ほら、前はほとんど……」

「無愛想《ぶあいそう》でしたからね」

「そこまでじゃなかったですよ。でも人を寄せつけないオーラがあったのはたしかです」

「私もお話ができてうれしいです」

そう言うと、真湖さんは少女のように顔をほころばせた。

猪熊メモリークリニックに通院し出した当初は、人間嫌いだった。誰もが私の記憶を増大させる敵のように思え、医師以外のスタッフとは極力話をしなかった。笑顔の作り方も忘れていたような気がする。

『メモワール』の住人と関わることで、氷河が溶けていくように少しずつ変わったような気がしている。私の記憶が誰かの役に立つこともある。そう思えるようになった自分が少しだけ誇らしい。おこがましい考えかもしれないけれど。

「いますか？」

廊下《ろうか》を指さす私に真湖さんはまだしゃべりたそうな雰囲気だったが、

「第二診察室です」

と教えてくれたので先へ進む。

廊下は中庭をぐるりと囲んでいて、右に進めば検査室が並んでいる。左に折れふたつ目のドアをノックしてから入る。

医師は私を確認すると、

「なんだ。凪咲《なぎさ》か」

再びパソコンとにらめっこをはじめた。

あいかわらず愛想《あいそ》のない人だ。きっちり分けた黒髪に黒ぶちメガネに黒マスク、ひょろ長い体型は昔からだけど年々体重が減少傾向にある。

「猪熊先生、お久しぶりです」

私の言葉に医師はあからさまに口をへの字に曲げた。

「ふたりの時くらい『お兄ちゃん』と呼べ」

「お兄ちゃん、お久しぶり。これでいい？」

私が軽口を叩《たた》ける相手は昔から兄だけだ。月に一度、診察を兼ねて主治医である兄の病院に近況報告をしに来ている。

通い始めた当初は着古したトレーナーにボロボロのサンダル履《ば》きだった私も、それなりの恰好《かっこう》をするようになった。兄は私の足元を見ると、「ふん」と笑った。

「また新しい靴か。最近やたらにおしゃれになってるが、男でもできたのか？」

「できるわけないでしょ。お兄ちゃんこそ、最後に彼女ができたのっていつ？　あ、答えなくていいよ。今から六年前の三月三日に別れたのが最後で――」

「わかったわかった。俺の負けだよ」

兄はカチャカチャとキーボードを打ち、私のカルテを画面に呼び出した。

「それでは猪熊凪咲さん」

「坂下凪咲です」

画面には本名である『猪熊凪咲』と表示されている。疾患名のところには『ＨＳＡＭ』と記入されている。Highly Superior Autobiographical Memoryの略語で、日本では真湖さんの言った『超記憶症候群』と訳されることが多い。

マスクを取った兄が体をこっちに向けた。無精《ぶしょう》ヒゲを手のひらでじょりじょりとなぞる癖はあいかわらずだ。

「で、今日の情報は？」

「真湖さんが明日、結婚記念日で、三十日は事務職員の遠田久江《えんだひさえ》さんのお父様の十三回忌がおこなわれる。誕生日は、物忘れ外来の松岡徹也《まつおかてつや》ドクターが十八日、看護師の清水《しみず》ゆう子さんが二十五日だね。清水さんは転職してきてからちょうど二年目になるから声をかけてあげて」

　兄は付箋《ふせん》にサラサラとメモを取り、パソコンに貼り付けた。なんのことはない、ここにきてするのは診察とは名ばかりの情報の提供だ。事務の仕事をたまに手伝っているせいでこういう情報は入ってくるし、私は一度脳に入った情報を忘れない。

「にしても」と兄はまたあごに手を当てた。この枕詞《まくらことば》は、いつもの説教のはじまりの合図《あいず》。

「いつまで『坂下』って偽名を使ってるつもりだ？　うちのスタッフには兄妹《きょうだい》であることはバレてるんだから、結婚したことにする必要もないだろうに」

「それは記憶違い。もともと兄妹であることを内緒にするって約束で偽名を使ったのに、バラしたのはお兄ちゃんのほう。仕方ないから、辻褄《つじつま》合わせのために結婚して苗字《みょうじ》が変わったことにしたんじゃない」

　反撃をすると、兄は「う」と口ごもった。

「だが、いくら俺の病院だとは言えど偽名のスタッフがいるのはマズいだろ。事務の手伝いをしてもらわないと困るけども……」

　兄は、両親が経営していた病院をふたりの死後建て替えて、メモリークリニックを立ち上げた。よって、『俺の病院』というのは間違いで、私と共同名義だ。訂正するくと怒るだろうから言わないけれど。

「だいたい、なんで坂下なんだよ？」

その質問に、ふわりと過去の映像がよみがえった。桜の木を眺めている『春だけの友だち』の美しい顔、風に躍る髪。彼女の苗字が坂下だったことは、兄には内緒だ。

「意味はないよ。ついそう名乗っちゃったのが定着しただけ」

彼女の残像を追い出しつつ答えた。納得できないのだろう、兄は口の中で小さくうなった。

「今からでも訂正しろよ。そのほうが俺はやりやすい」

「別に猪熊と名乗るのはいいけど、アパートのほうはどうするのよ。お兄ちゃんが紹介した人しか入居してないのに、そこの管理人を妹がしているなんて、見る人が見たら癒着《ゆちゃく》だと思われちゃうでしょ」

「今どきあんな安い家賃で貸してるアパートなんてないだろ？　実際、お前に管理人の給料を支払うと大赤字だし。癒着だと騒ぐヤツがいたら、収支表を見せればいい」

「赤字で困ってるなら、不動産屋に委託《いたく》して入居者の募集をかけてもらえばいいじゃない」

言ってからすぐにしまったと口ごもる。兄はニヤリと笑って「いいのか？」と顔を近づけてくる。

「満室になったらやることだらけで大変になるぞ。まあ、最近はちっとは管理人らしい仕事もしているようだけどな」

ふん、と胸を反《そ》らす兄に「そうだよね」と私は白旗を揚げた。いつもこうだ。私より頭のいい兄に最後は負けてしまう。

記憶に問題のある患者さんが住む場所に困っていることを耳にするたびに、兄はあのアパートを紹介している。しかもありえないほど格安の家賃で。私は管理人としているだけ。『これも治療の一環だ』と兄は言う。実際、『メモワール』で管理人の仕事をするようになってから、少しずつ心の安定が図れている。

「最初は管理人とかじゃなくて、ただ住んでるだけだったのに」

「何度も話し合ったことだろ？　お前が医者に戻るなら管理人の職を解いてやるって」

以前は私も総合病院で医師をしていた。遠い昔の話だ。

「それは絶対にない。私がどれだけ苦しんでいたか見てきた人がそんなこと言う？」

今度は兄が唇を尖《とが》らせ降参した様子。どちらかが負けたら、それを潔《いさぎよ》く認める、私たちはそんな兄妹だ。

「医者だった頃のお前はヤバかったし、こっちも困り果ててたから。まあ、戻るのは無理なんだろうなあ」

じわりと嫌な記憶がよみがえろうとしている。

自分で言うのもなんだが、精神科医としてはまだ研修中の身ではあったけれど、よくやっていたと思う。けれど、いい思い出よりもつらい記憶ばかり積み重なっていった。

患者から毎日のように吐《は》かれる暴言は、疾患《しっかん》を持っているから仕方ないとわかっていても、確実に私を傷つけた。患者の家族からの相談を自分のことのように感じて苦しくなった。

薄皮をじわじわとめくられているような日々。言った本人は忘れても、言われたほうは覚えている。特に私は、一言一句だけじゃなく、感情や心の痛みまでなにもかもすべてを。

「なあ」と兄が椅子に座り直した。

「人は覚えたことの約八十パーセントを忘れる生き物だ。残り二十パーセントの記憶を積み重ねて生きていく。けれど、凪咲はそのすべてを覚えている」

「だね」

浮上しかけた幾千もの記憶を逃がした。

「主治医として言わせてもらうが、つらい記憶を最初からなかったことにするのは正しい対処法とは言えない。特に……」

言葉を区切り、私の顔色を窺《うかが》いながら兄は続けた。

「おやじとおふくろの記憶については、治療のためにもきちんと向き合うべきだ」

「またその話？　今さらあの人たちとの記憶と向き合ってなんの意味があるのよ」

ふたりとも死んでしまったし、と言いかけてやめた。

昔から兄はやさしい。医師になることや検査を受けることばかり強制していた両親を見てきた反動か、私の苦しみを理解してくれようとしている。記憶の渦《うず》に呑《の》まれ溺《おぼ》れかけていた私に退職を勧めてくれたのも兄だった。

けれど、主治医になってからは時折、過去と向き合うように進言してくる。

「意味はあるさ」と、兄は肩をすくめた。

「管理人になってから、記憶の問題を抱える住人と接してきただろう。彼らは自分の記憶と向き合うことで、新しい明日を迎えることができた」

「それはまあ、たしかに……。記憶のことで悩んでいるのは自分だけじゃないって思えるようにはなったよ」

「入居者からいい影響を受けてるんだろうな。昔の着古したトレーナー姿が想像つかないほど、凪咲も変化している」

医師を辞めてからずっと塞《ふさ》ぎ込んで生きてきた。なるべく外部と関わらないように、ひっそりと静かに。

「潮野《しおの》さんや早見《はやみ》さん、渡邊《わたなべ》さんのおかげかな」

「あの坊主《ぼうず》ももう社会人だってな。早見さんは結婚するので出て行ったし、渡邊さんも症状は落ち着いている」

早見さんと渡邊さんは、ここの患者さんで兄がアパートを紹介した。潮野さんだけは別で、もともと住んでいたが、息子の光瑠《ひかる》さんが事故に遭《あ》ったせいで、この病院に診察を受けに来た。

「渡邊さんも結婚してから徐々に症状が落ち着いたよね」

「俺たちもそろそろ結婚を考えたほうがいいのかもな」

「私は無理。自分が親になるなんて想像できない」

幼い頃から教育熱心な両親だったが、父が医療法人を設立してからはより厳《きび》しくなった。

医師になることを強制され、門限もありえないほど早い時間になった。家にはいつも家庭教師兼世話役の人がいて、息が詰まる日々だった。

ふたりは顔を合わせれば言い争いばかりしていた。ふたりの仲を中和《ちゅうわ》させるかのごとく、共同して私を言葉で攻撃してきた。

「誰だって結婚して親になる過程で変わっていくんだよ。凪咲にも予想以上の未来が待ってるかもしれないぞ？」

自分だって独身のくせに説教しないでもらいたい。

「お兄ちゃんは愛された記憶があるからそう思えるんだよ。もうこの話はいいよ」

私には親に愛された記憶なんてない。愛を知らないまま成長していくなかで。私は気づいた。

あの人たちは私を愛する力がなかった、ということを。

それに気づいた日、私は家を出た。

ずいぶん止められたけど、私がアパートに住むことを許す条件としてあの人たちが出してきたのは『必ず医師になること』だった。

律儀《りちぎ》にそれを守り、精神科医になってしばらくして、両親があっけなく亡くなった。兄の進言もあり、すぐに退職願いを出して以降、アパートの管理人をしている。

「とにかく」と、兄はまとめるように息を吐いた。

「すぐじゃなくてもいいから、過去と対峙《たいじ》したほうがいい。そうすることで見えてくるものもあるはず」

困惑気味に言う兄に、「まさか」と笑ってみせた。

「私は過去の記憶のすべてを覚えているんだよ。新しく見えてくることなんてあるわけないでしょ。愛されてなかったという事実は変わらないんだから」

兄はなにか言いかけたが、あきらめたように首を横にふった。

「まあ、亡くなった人のことをとやかく言うのはやめよう」

そう言うと、兄は一枚のクリアファイルを渡して来た。A４の用紙に『情報提供書』と記してある。

「月末に越してくる新しい入居者だ」

飯田健司《いいだけんじ》、四十五歳と書かれている。娘は飯田咲良《さくら》という名で十三歳。

「母親はいないの？」

「個人情報だから言えない。お前は管理人として関わってくれるだけでいいんだし、あまり深く考えるな」

兄の忠告にうなずいてはみたけれど、最近の私は少しおかしい。記憶に問題を抱える人を仲間のように感じているのか、つい興味を持ってしまう。

私にできることがあるなら、役に立ちたい。そう思える自分になれた。


まだ風は冷たいのに、桜は陽の当たる部分から徐々に花を咲かせはじめている。

このベンチにもいずれ花びらが雨のように降るのだろう。

桜の木を見ると、なぜか泣きたくなる。

ここに越して来たのは――家出してきたのは高校二年生のこと。勢いで飛び出したわけではなく、淡々と計画を立て実行に移した。親が管理しているアパートのカギを盗み出し、両親が私を罵倒《ばとう》している音声データをテーブルの上に置いて家を出た。

しばらくは大騒ぎだったし、警察沙汰《ざた》にもなった。両親の見放した表情、声のトーンをはっきりと覚えている。

このアパートに住んで今年で十九年目になるなんて時の流れは早いものだ。たくさんの思い出は、いいことも悪いこともすべて頭の中に刻まれている。今、このベンチに座っている記憶も忘れることなく残っていくのだろう。

私はここで『春だけの友だち』に出会った。まだこのアパートに引っ越してきてすぐの頃だった。年頃ということと、記憶力に悩んでいた時期だったので、彼女にも無愛想に接した。

彼女は毎年春になるとブロック塀の外までやって来た。歌うような話し方をする人だった。

いつしか、春になるのを楽しみにしている私がいた。けれど、やっぱり私は彼女に心を開くことができずにいた。

ある春の日、彼女が私に桜色のサンダルをプレゼントしてくれたことがある。戸惑う私に、彼女は『あなたのサンダル、マジックテープが取れているでしょう？転ぶと危ないし、それにこのサンダル、あなたに似合う色だと思ったから』と、照れたように言った。

本当はすごくうれしかったのに、お礼も言えずにぎこちなく受け取っただけ。次の春に会った時にはちゃんと伝えよう。そう決めたのに、彼女はそれ以降、ここに来ることはなかった。履きすぎてボロボロになったサンダルが、会えない期間を表している。

もう一度会いたい気持ちは、今では、どこかで生きていてくれさえすればいい、という願いに変わった。

２０４号室の部屋のドアが開き、光瑠さんが階段をおりてきたかと思うと、まっすぐ私に向かってくる。コートの下がスーツなのを見ると、今日の出勤は遅くていいのだろう。

「どうせここにいると思ってました」

ペットボトルのお茶を渡してくれたのでありがたくいただき、腰の位置をずらした。隣にドスンと腰をおろした光瑠さんが、上半身を反らして木を仰《あお》いだ。

「もう咲いている花もありますね」

　届くはずもないのに両手を上に上げている光瑠さん。彼ももう二十二歳、いつの間にか社会人になっている。スーツ姿が様になっていて、幼い頃から知っているぶん、なんだかくすぐったい。

「俺、桜の木が苦手《にがて》だったんですけど、この数年で好きになりました。これからの季節は最高ですね」

　記憶喪失《そうしつ》で悩んでいたことが嘘みたいに穏《おだ》やかな表情をしている。

「私はそこまで好きではないです。夏は毛虫がいますし、落ちたあとの花びらは汚れて美しいとは言えませんから」

「坂下さんらしいですね」

　と言ったあと、光瑠さんはなにか思いついたように目を大きくした。

「このベンチ、満開の時期は桜が見えるように向きを変えてもいいんじゃないですか？　それならこんなヘンな恰好をしなくても桜を見られますし」

「変えていただいても問題ありませんよ」

　私の答えになぜか光瑠さんはおかしそうに笑う。

「毎年向きを変えても翌日にはもとの位置に戻っているんです。あれって、坂下さんがやってるんですよね？」

「まあ……はい」

桜の木を見ると、なぜか泣きたくなるから。そう言っても彼に私の気持は伝わらないだろう。

「以前、すべての記憶が残っていると言ってましたが、それはまだ継続中なんですか?」

「残念ながらそうです」

「俺がこの前、坂下さんにいつ声をかけたかも覚えていますか?」

「先週の木曜日の午前八時です。『土曜日に友だちふたりが遊びに来るんですけど、坂下さんにも会いたがっているので顔出しませんか?』です。私は『遠慮《えんりょ》しておきます』と答えました」

ヒュウと鳴らない口笛を吹くと、光瑠さんは「すごいな」と目を丸くした。

「それだけしっかり覚えているってのは、『瞬間記憶能力』ってやつですか?」

「いえ、『瞬間記憶能力』は一瞬で見たものすべてを覚えることです。私の場合は、時間や風景、会話など五感すべてが記憶されるんです」

「じゃあ……つらいですね」

ボソッと言う光瑠さんに首を横にふった。

「つらくならないようこの仕事をしているわけですから。光瑠さんも、色々大変でしたね」

彼は以前、記憶喪失になり、大切な人の記憶を自らの意志で閉じ込めていた。

いやあ、と光瑠さんは笑ってから立ち上がった。

「もう何年も前のことですから。思い出してしばらくはつらかったですけど、もう大丈夫《だいじょうぶ》です。じゃあ、仕事に行ってきます」

階段の下に置いてあるマウンテンバイクにまたがり、光瑠さんは出かけて行った。

入れ替わりに引っ越しのトラックがバックで敷地内に入って来た。うしろをついていた黒の軽自動車が駐車場のほうへと消えた。

新しい住人が来たらしい。部屋はなるべく静かなほうがいいということで、私の部屋の上にある２０１号室を紹介した。私は寝るのが早いし、テレビもほとんど観ない。入居希望者が来ても隣の２０２号室を避けて紹介すればいいだろう。

これからカギの引き渡しをして、注意事項の説明をする。父親である飯田健司さんとは契約の時に会っているが、咲良さんとは初対面だ。

引っ越し業者に部屋のカギが空いていることを伝えると、早速、荷物を運びはじめている。見たところ古い家具が多く、今回の引っ越しで買い替えたと思われるものは見当たらなかった。

飯田さんが大きなリュックを背負ってやって来た。契約した時と同じスーツを着ていて、七三にわけた髪は一本の遊び毛も許さないようワックスで固めている。どこか兄に似ている。まあ、あの人はマスクの下は無精ヒゲだけれど。飯田さんの勤務先は市役所だと聞いている。

「今日からよろしくお願いいたします」

深々と頭を下げたあと、

「咲良、管理人さんに挨拶《あいさつ》して」

うしろに向かって声をかけた。オーバーサイズのトレーナーにデニムの少女は小柄で、ボストンバッグを揺らして歩いてくる。長い前髪のせいでどんな顔をしているのか見えないけれど、口は一文字に結ばれている。

「挨拶しろ」

語気を強めた父親を無視し、咲良さんはだるそうに階段をのぼっていった。

「すみません。反抗期でして。……ったく」

「気になさらないでください。私もそういう時期がありましたから」

私の場合は高二まで溜《た》め込んだせいで爆発した。反抗的な態度を出せないよりも、よほどいいだろう。

親子のどちらが『猪熊メモリークリニック』に通院しているかは不明のまま。月末に事務の手伝いに行った時に医療費請求のデータを見ればわかるだろう。

「あの」と飯田さんが眉間《みけん》のシワを深くした。

「契約の際にお伝えすべきでしたが、実はお話ししておきたいことがありまして」

「どのようなことでしょうか」

姿勢を正す私に、飯田さんは二階の部屋をチラッと見た。

「娘のことなんですが、いわゆる『ひきこもり』というやつでして……。全然行かないわけじゃないらしいんですが、私もなんせ仕事で早く家を出るので把握《はあく》できず、担任《たんにん》の先生からの報告では週の半分くらいは休んでるようです」

苦虫を嚙《か》み潰《つぶ》したような顔で飯田さんは続ける。

「問い詰めても、『隣の部屋がうるさい』とか『上の階の足音で眠れなかった』とか言い訳ばっかりして。そういうわけもあって、猪熊先生にこのアパートを紹介してもらったんです」

「猪熊メモリークリニックのことですか？」

素知《そし》らぬ顔で尋ねると、飯田さんは深くうなずいた。娘の咲良さんが受診しているということなのだろう。

「受診してるとはいえ、あいつは絶対にひとりでは行きません。私が有休休暇を取って、なだめすかしてやっと、という感じです」

兄の病院にも精神科はあるが、担当医は違う先生。兄が診《み》ているとするなら、なにか記憶に関する問題を抱えていることになる。

「あの、飯田さん」

「すみません。もちろん管理人さんは普通に生活してくださればいいんです。前のアパートはとても壁が薄くてですね――」

「そうじゃありません」

どうやら飯田さんは見た目によらず言葉数が多いようだ。

「その『ひきこもり』という言葉は誰かがおっしゃったのですか?」

本当は『そんなことを言った人はクソ野郎です』と、つけ加えたかったけれど、すんでで止めた。

「いえいえ、誰かに言われたわけじゃないんですが、どう見てもそうですよ。あいつは、甘えているんです。私が家にいると部屋に閉じこもってますし、やっと顔を見せたかと思うと文句ばっかり」

こういう人にはそれ以上の言葉で応戦するのが効果的だろう。愛想笑いを封印《ふういん》し、大きく息を吸ってから人差し指を立てる。

「週の半分くらいは中学校に通えているのなら『ひきこもり』とは呼びません。厚生労働省によりますと『ひきこもり』の定義は、様々な要因の結果として社会的参加――義務教育を含む就学、非常勤職を含む就労、家庭外での交遊など――を回避し、原則的には6ヵ月以上にわたって概《おおむ》ね家庭にとどまり続けている状態――他者と交わらない形での外出をしていてもよい――を指す現象概念である。と、このようになっています」

「え、あ……そうでしたか」

たじろぎながらも飯田さんは防御《ぼうぎょ》するように腕を組んだ。

「『ひきこもり』や『不登校』という言葉で分類するのをやめ、なにが彼女をそうさせているのかを知る必要があります。それは聞き出すのではなく、彼女があなたに心を開き、自ら話ができるようにしなくてはなりません。そのためにも――」

ふと二階から視線を感じて目をやると、咲良さんが階段の上に置かれた冷蔵庫の陰からこっちを見ていた。前髪の向こうに見える大きな瞳が見えたと思った瞬間、サッと部屋に入ってしまった。

「すみません。少し言い過ぎたようです」

「いえ……あの、こちらこそすみません。引っ越しまでする羽目《はめ》になり、少しイライラしてまして」

しょげる飯田さんは、きっとどうしていいかわからないのだろう。

「実は……」遠くを見るように目を細める飯田さん。過去を話す人特有の目を見て、私も気持ちを落ち着かせる。

「あいつの母親——私の妻は、咲良が二歳の時に亡くなりましてね」

「ご愁傷様《しゅうしょうさま》でした。咲良さんもさみしかったでしょうね」

「物心がつく前なので覚えていないはずだと思うんですが……」

「そうおっしゃるということは、なにかお母様に関する記憶で問題があるのですね」

彼らもこのアパートの住人になった。だとしたら、記憶の悩みについて話くらいは聞いてあげたい。

「そうなんです。実は昔から咲良が言い続けていることがあるんです」

飯田さんは眉をひそめて言う。

「言い続けていること？」

「ええ」と神妙な顔で飯田さんはうなずく。

「母親のお腹の中にいた時の記憶がある、と。胎内《たいない》記憶があると言い張るんですよ」

飯田さんは困った顔でそう言った。

「お花見、ですか？」

月曜日の昼前、階段の掃除をしていると104号室の渡邊桃花《ももか》さんから声をかけられた。

若年性認知症と診断されたご主人である武史《たけし》さんを介護《かいご》しているが、最近は進行も緩《ゆる》やかな様子だ。結婚して五年が過ぎ、クリスマスの時期におこなわれるプロポーズは、もはや恒例《こうれい》行事となっている。

事故の慰謝《いしゃ》料や傷害年金、武史さんが事故に遭う前に続けていた投資のおかげで生活には余裕があるらしく、ふたりでよく散歩に出かけるのを見かける。今日も帰って来たかと思ったら、武史さんを先に部屋に戻し、「お話があるのですが」と声をかけてきたのだ。

「日曜日には桜が満開になる予報じゃないですか。主人とお花見をしよう、って話をしていたんです。坂下さんも一緒にいかがですか？」

『お花見』というワードに、過去の映像が脳裏に浮かんだ。満開の桜の下で、『春だけの友だち』とここでお花見をした。その時に、彼女は私にサンダルをプレゼントしてくれたのだ。うれしくてもどかしくて、せつない記憶に胸が少し痛くなった。

もしもあれが最後だと知っていたなら、もしもあの日に戻れたなら――。

何度くり返し願ってみても、時間は戻ってはくれない。

私が返事をしないのを肯定《こうてい》と受け取ったのか、「それでですね」と桃花さんは続けた。

「二階の潮野さん親子に声をかけたらとても乗り気で。新しく越してきた飯田さん親子も誘って、このアパートの住人みんなでやるのはどうでしょうか？」

桃花さんってこんなに積極的な人だっただろうか。武史さんの病気がわかった時の落ち込みようとはまるで別人だ。

「こう見えて私、料理が得意なんです。お弁当作りは任せてください。潮野さんは飲み物担当で、飯田さんについては歓迎会も兼ねて負担なしでどうでしょうか？坂下さんは管理人さんですので手ぶらで大丈夫です」

もう担当まで決めているなんて、と驚いてしまう。断ったところで、お花見の間、じっと部屋に閉じこもっているのも嫌だし、出かける用事もない。

それに、私自身もアパートの住人に自分を変えてもらったという感謝の気持ちもある。アドバイスに従い、髪やメーク、服装まで変えているし、管理人になった時とは大違いだ。

「じゃあ、飯田さんには私から声をかけますね」

せっかちな性格なのだろう、私が了解したと思ったのか桃花さんは軽く頭を下げ部屋に戻ってしまった。

　最近の私はどうもおかしい。

　すべてを記憶してしまう能力がある限り、これから先も孤独のままでいたほうが生きやすいとわかっている。それなのに、アパートの住人と話していると、癒《いや》してあげたいと思うだけじゃなく癒してもらっている感覚のほうが強い。これまでなら秒で断っていたお花見も、悪くないと思えた。

　ふと、アパートの敷地の入り口に咲良さんが立っているのが見えた。中学の制服を着て、リュックを背負っている。

　飯田さんの言うように、週の半分くらいは登校していて、今朝は出かけていったはずなのに、途中で戻って来たのだろうか？

　咲良さんはこのアパートの敷地に入るのが嫌だというように、低いブロック塀に手を置き桜の木をぼんやり眺めている。遠くてもわかる。にらむかのように桜を見つめながら、彼女は泣いていた。体を震わせ、口をギュッと結んで……。

『胎内記憶があると言い張るんですよ』

　飯田さんの言葉が頭の中に流れた。

　胎内記憶というのは、母親のお腹にいた時の記憶のことで、科学的にも医学的にも根拠や証明が示されていない事象。記憶の問題というよりは、ほほ笑ましいエピソードとして語られることが多いイメージだ。

四歳をピークにし徐々に胎内記憶はなくなると言われているが、咲良さんはもう十三歳。さすがにそこまで記憶が残っていることはないだろう。

ほうきとちり取りを置き、入り口から、まだ桜の木を見つめている咲良さんに塀越しに近づく。

「こんにちは」

声をかけると、咲良さんはゆっくり私に目を向けてから、プイと逸《そ》らしてしまった。もう瞳に涙は浮かんでいない。

「お帰りなさい。桜はやっと五分咲きというところですね」

「…………」

返事をしないゲームでもしているように、咲良さんは私を無視をし続けている。世界中が敵みたいな瞳は、過去の私によく似ている。

「今度の日曜日、入居者の皆さんでお花見をしよう、って話が出ているようです。よろしければ咲良さんも――」

「うるさいな」

初めて聞く咲良さんの声は思ったよりも低かった。

「え？」

「オバサンうるさい、って言ったの！」

叫ぶように言うと咲良さんは建物に向かって駆けていき、乱暴に階段をのぼり部屋に入ってしまった。

「おばさん……」

言われても仕方がない年齢とわかっていても、少なからずショックを覚えた。

咲良さんのいた場所に立ってみると、低いブロック塀越しに桜の花が風に揺れていた。彼女の悲しみがまだ残っている気がした。


咲良さんについて尋ねると、兄はあっさり白状した。

「精神科の佐々木《ささき》ドクターが主治医でさ、胎内記憶があるって言うから俺の科でも診療してるんだ」

「どんな胎内記憶があるの？」

土曜日の今日、診療は午前中だけ。診療開始まであと三十分、看護師さんたちはバタバタと準備に追われている。

「それが本人は頑《かたく》なに拒否してて教えてくれない。俺のことを『うるさい、ジジイ！』なんて言うんだぜ」

言われた時の怒りを再沸させるように、兄はガシガシと乱暴に無精ヒゲをこすった。

「私は『オバサン』って呼ばれたけど、まだマシってことか。『お』がついてるし」

「『ババア』も『オバサン』も同じ悪口だろ？　まあ、大人が嫌いなんだろうな。で、結局、父親だけを残して話を聞いたんだよ。そしたら、母親のお腹の中にいた時のことをぜんぶ覚えているって言い張っているらしい。もちろん父親は信じてなかったけど」

父親の見解に私も賛成だ。

「ぜんぶってのは信じられないよね。そもそも脳がある程度発達してからじゃないと記憶は残らないだろうし」

「あの子が二歳の時に母親が亡くなった。物心がつく前だったから、生まれてから母親の記憶は持っていない。だからこそ、必死で記憶を作り出してるんだろうな」

「エビデンスのない事象だからね。母親のことを知りたいという願望がそうさせているのかも」

こういう話をする時は、兄とやたら意見が合う。もちろん胎内記憶が実際にあると推《お》している医師もいるので一概《いちがい》にないとは言えないが。

ふと兄の髪が乱れていることに気づく。前回会った時はピッチリわけていたのに。

「その髪、いつもと違うけどなにかあったの？」

「お前に見た目のことを指摘《してき》される日が来るなんてな。珍しく寝坊したんだよ」

そう言ったあと、「あ」と兄は口を開いた。

「六月に二組、新しい入居者を紹介するかも。ひとりは身寄りのない認知症高齢者で、もうひとりは――」

「それって個人情報なんじゃ？　余計な記憶を増やしたくないから、また今度にして」

どうせあとで聞いたって同じこと。一度聞けば、二度と失われない記憶になるのだから。

兄は「ふん」と下唇と突き出した。

「おやじとおふくろが亡くなってもうずいぶん経つな」

「その話もしたくない」

一瞬でブロックすると、兄は口の端で小さく笑った。

「あいかわらずだな。でもさ、ひとつだけ聞いてほしいことがある」

「……なによ」

いつもと違う兄の雰囲気に、身構えるように体を硬《かた》くする。両親の話はしたくない。愛されていなかったという事実が増幅してしまうから。

「たしかにおやじもおふくろも俺たちに厳しかった。口を開けば『勉強』『将来』『医師』だったし、最後は『あなたの幸せのため』で締めてたし」

ああ、嫌だ。なんでこんな話題をふるのよ。

「お前は記憶力が長《た》けていたから勉学はラクだったろ？　でも俺は、すげえ努力するしかなかった。でも、医者になれたことについては今でも親に感謝してる」

学生時代はまだよかった。テキストを覚えるのは一瞬だったから、公式も英単語も歴史だってすぐに頭に浮かんだ。

「でもさ」と兄は言葉を切った。

「親だって凪咲が悩んでいることを知ってたんだぜ？　治してやりたいって思ってた。お前がいないところで、そう言う話をしてたし」

「やめてよ！」

思わず立ち上がっていた。予想していたのだろう、兄は平然と私を見た。

「その話はしたくないって何度も言ってるよね⁉」

「これでも診療をしているつもり。HSAMは治療法がない病気だけど、おやじもおふくろも少しでもお前が普通の子になれるように検査や――」

「もうやめて」

必死で声を抑えても、真冬の寒空の下に放り出されたように体が震えてしまう。

「それはお兄ちゃんのすり替えられた記憶。無理やり検査させられて、いろんな病院にも連れて行かれて、それでも治らなくて、嫌な記憶ばっかり増えて行って……。あの人たちは私をモルモットみたいに扱ってた。これが事実なんだよ」

震える声の奥に、過去の記憶がよみがえる。両親の困った顔、疲れた顔、興味深そうな知らない医師の顔、同級生の陰口、患者が言った言葉、隣の家の火事、交通事故の現場やケンカの目撃。忘れたいことだらけなのに、永遠に忘れることができない。

「誰とも関わらず生きていくしかなかった。あの人たちが事故死した時、私はどんなにうれしかったか。そのあとどれだけ苦しんだか。なにも知らないくせにエラそうに言わないで」

けれど兄は澄《す》ました顔をしている。

「おやじもおふくろも不器用だった。でも、お前が小学生の時に原因不明の高熱が一週間続いた時があったろ？　医大病院に緊急入院したよな？」

「……まあね」

熱にうなされているうちに、気がつけば医大のベッドに寝ていたことがあった。

兄は満足そうにうなずくと両腕を組んだ。

「おやじもおふくろも、つてを頼って電話しまくっていた。病院にお前を入院させたあと、何度も担当の医者に頭を下げていた。この記憶はないだろ？」

「それは……私の知らない場所でのことだし」

確かにあの人たちは入院中に何度も私の熱を測ったり、検査結果の用紙を覗《のぞ》き込んでいたことを思い出した。

「ふたりなりにお前のことを心配してくれてたんだよ」

言っていることはわかるけれど、認めたくない。実際、熱が下がりはじめてからは、退院の時まで病室に顔を見せることはなかったし。

「いいか、凪咲」

兄は声のトーンをわずかに落とした。

「お前がすべて過去の記憶を有していたとしても、それが事実じゃないことだってある。見たり聞いたり感じたりしたものが、この世のすべてじゃないんだよ」

「なにそれ。意味がわからない」

すべての記憶を有することに悩んできた。なのに、それが事実じゃないことだってあるというのなら、私はどうすればいいの？

「戸惑うのはわかるが、もっと視野を――」

「もういいよ。こんな話、したくない」

話の途中で診察室を飛び出した。

今さら両親の愛を語られても、私が感じた孤独は本当のこと。

結局、家族だからって、なんでも理解してもらえるわけじゃない。親との間にも感じたことなのに、兄に期待した私がバカだった。

わかっているのに、涙が勝手にあふれてくる。悔《くや》しさと悲しみが混じった涙は、あっという間に頬にこぼれ落ちた。

早足で自動ドアから外に出ようとした時、ちょうど入ってこようとした人とぶつかりそうになった。慌ててよけると相手も同じ方向によけてしまい、体がぶつかってしまう。

「オバサンあぶない」

そう言ったのは、咲良さんだった。

桜の木を見ると、なぜか泣きたくなる。

茶色の枝は、日ごと花びらで彩られていくが、いずれ花が落ち、若葉が豊かな緑の葉を広げ、季節が巡れば葉を落とす。咲いたり枯れたりをくり返しながらその幹《みき》を太くしていく桜は、まるで人間の一生のよう。

記憶力のよさが自慢だったのは小学二年生まで。最初は超能力者にでもなった気分だった。授業で習ったこと、先生が口にしたわずかな言葉でも覚えられた私は、常にテストでは満点だった。

親もよろこび、兄は私の能力をうらやましがっていた。

けれどそんな日は長くは続かず、特異な分子が避けられるように、徐々にクラスで浮いていった。なんでも覚えていることが気持ち悪がられ、私の前ではなにも話さないというのが暗黙の了解として浸透《しんとう》していった。

それからはあまり口を開かないようにして過ごした。周りの声を耳に入れないように、ひとりでいる時間を選んだ。

親がオーナーのこのアパートに来ては、この桜の木とばかり話をしていた。嫌な記憶。忘れたくても忘れられない記憶。

このところ兄とケンカになるのはたいてい親とのこと。

「患者に寄り添うのが医者の務めなのに」

つぶやいてみても、わかっている。私の尖った記憶を和らげようと、ああいうことを言ってくるのだと。

親は子どもに無償《むしょう》の愛を注《そそ》ぐものだと信じて疑わなかった遠い日。愛する力のない両親のもとで、苦しい記憶を重ねてきた。勘違《かんちが》いなんかじゃない。

だけど、先日、兄に言われたことが重く心にのしかかっている。私の記憶にない愛があったとしたら……。

「ああ……」

桜の木の下、ベンチで風に吹かれていると、両親に対する怒りも一緒にとけていくよう。

兄にちゃんと謝らないと……。こうやって穏やかな生活を過ごせているのは、アパートの管理を任せてくれている兄のおかげだし、遡《さかのぼ》れば両親のおかげでもあるのかもしれない。

もう今日は土曜日だ。明日のお花見の準備は着々と進んでいるらしく、潮野さん親子はさっき買い出しに出かけて行った。

桜はほとんどが薄いピンク色に染まり、緑の若葉がわずかに見えるだけ。日曜日に満開という予報は当たったことになる。

ふと視線を感じ横を見ると、低いブロック塀の向こうに立つ咲良さんがいた。私に気づいているのだろうが、目線は桜の花に向いている。

この時期になると道を歩く人も足を止め、桜の木に時間を奪われる。彼女もきっとそうなのだろう、と顔を逸らした。あまり見られるのは気分がよくないだろうから。

ふと、過去の記憶が頭をよぎった。

春だけこの桜の木を見に来ていた『春だけの友だち』のこと。彼女は美しく、穏やかな人だった。愛想のない私を気にする様子もなく、満開の桜をあの場所で眺め、時折、私に話しかけてもくれた。

そして、最後に会った春の日、彼女は初めて敷地内に足を踏み入れた。

＊　＊　＊

「美玖《みく》です」

彼女は大きなお腹で頭を下げると、桜の木がよく見える場所にビニールシートを広げた。

「……え？」

「自己紹介。ほら、何年も会ってるのに下の名前を言ってなかったから。あなたは言いたくなかったらいいのよ」

「そうじゃなくて、なんで……」

「ああ、このシートのこと？」

立ち尽くす私に、美玖さんはやわらかく目を細めた。

「去年来た時に『お花見しませんか?』って聞いたじゃない?　なにも答えてくれなかったけど、OKしてくれたのかな、って」

いそいそと座り、美玖さんはお弁当を広げはじめた。どうやらマイペースな人らしい。

「ご遠慮します。私、人と話をするのが苦手なので」

「お会いして数年だけど、それくらいはわかるわよ。でも、一生懸命お弁当を作ってきたし、せめて私の話だけでも聞いてもらおうかなって」

ポンポンとビニールシートを叩く美玖さんに促《うなが》され、渋々はしっこに腰をおろした。

嫌々座ったものの、不思議とうれしい気持ちも少しだけあった。

美玖さんが作ったというお弁当は、見たことがないくらいカラフルなものだった。それもそのはず、おにぎりや唐揚げは一切なく、中身はスイーツだらけだった。

彼女はお腹の赤ちゃんに見せるように、そっと手を当ててあごを上に向けた。風に吹かれた桜の花びらが雨のように彼女の横顔に降り注いでいる。

「桜吹雪《ふぶき》は美しいけれど、少しさみしいわね。花の命が終わりを告げているみたいで」

「…………」

「だけど、木は生きているから、季節が巡ればまた桜の花を咲かせるのよね」

いつくしむようにお腹をなでる彼女から目を逸らした。

「いいですね」

思わず出た言葉に、自分がいちばん驚いてしまう。

「いいって？」

「いえ……」

そう言いながら、なぜか美玖さんに自分のことを話したいと思った。

「美玖さんの子どもは愛されていていいですね。私は、親から愛されていないから」

ひどくさみしい気持ち。記憶に刷り込まれているこの感情を、これから先、ずっと抱き続けるのだろう。

「言いたくなかったら言わなくていいんだけど、ご両親を恨《うら》んでいるの？」

「恨む……とまではいかないかも。ただ、いい感情は持っていません」

不思議だ。高校でも、今通っている大学でもこんなに長いこと話をしたことがないのに、美玖さんには自然と気持ちを話せている。

「いいんじゃないかな」

美玖さんがお弁当箱を差し出して来たので、マカロンをひとつ手に取った。

「いい、って。嫌な感情を持っていてもいいんですか？」

「うん。子どもって親に絶対的な愛情を持つものだと思ってたけど、妊娠《にんしん》してわかったの。本当は逆で、親が子どもをしっかり愛さないといけないの。あなたの親は、それができないのかもしれない」

「え……」

これまでは誰もが私の考えの間違いを指摘してきた。親自身も、学校の先生も、友だちも。

美玖さんは髪を耳にかけると、美しい瞳で私を見た。

「嫌な感情でもなんでも、ご両親のことを気にかけていることが大切だと思う」

「気にかけないでいられるわけありません。私はぜんぶの記憶を持っているから」

超記憶症候群のことを話しても、美玖さんには理解できないだろう。これまで、私たちはお互いのことをあまり話してこなかったから。

「じゃあ、恨んでもいいから気にかけていてあげて。いつか、記憶の色が変わる日が来るはずだから」

「そんなのありえない。両親の印象なんて変わりっこないし」

ふてくされる私に、美玖さんはクスクスと笑った。

なぜだろう。笑っているのにひどくさみしそうに見えたのは。

「私、人って変われるものだって信じてるの。自分が変われば見える景色も変わってくる。いつか、その日が来たなら、私が言ったことを思い出してくれるといいな」

それから美玖さんは桜色のサンダルをプレゼントしてくれたけれど、不機嫌になった私はお礼の言葉を言うことができなかった。

「今日はありがとう。すごく楽しかった」

大きなお腹を抱えて彼女は帰っていった。お礼も言えないまま、私はその背中を見送った。

桜の木が泣いているように花びらを降らせていた。

＊　＊　＊

葉がささやく音に我に返ると、桜の木はあの日と同じように花を咲かせていた。

あのお花見の日を最後に、彼女はここに来なくなった。今なら美玖さんとにこやかに話すことができるはず。

　だから私は桜の木のそばにいるのかもしれない。こんな春の日は特に。

　偽名を作る時もついその苗字を名乗るほど、彼女に惹《ひ》かれ、そしてそれ以上の後《こう》悔《かい》の念を抱き続けている。

　もっと話せばよかった。もっとやさしくすればよかった。

「あれ……」

　当時、美玖さんは二十五歳だった。年齢はまるで違うのに、同じ場所で桜を見ている咲良さんとその姿が重なった。

　ふいに足音がすぐ近くで聞こえ、追憶《ついおく》が霧散《むさん》した。口を堅く結んだ咲良さんが一直線に向かってくる。セーターとロングスカートはどちらも黒色だ。

　またなにか文句を言われるのだろうか……。

　身構える私のそばに来た咲良さんが、

「なんで？」

　小声でそう尋ねた。

「え？」

「なんで……さっき、泣いてたの？」

　やはり病院でぶつかった時、涙を見られたらしい。

「猪熊医師とケンカしたからです」

素直に答えると、咲良さんは口を『え？』の形にした。

「いつものことです。三回に一回は泣かされています」

すう、と鼻から息を吸った咲良さんが、言葉にする前に力尽きたように口から息を吐き出した。なにか言いたいけれど言葉にできない感じがした。

「座りますか？」

腰の位置をずらすと、しばらくフリーズしたのち、意を決したのか、どすんと隣に座った。

「わかる。あの人、苦手」

ぶすっと唇を尖らせる咲良さんに、「ですね」と同意した。

「どの人にもそうなのでしょうね。熱心な信者みたいな患者さんもいるみたいですけど、私は会うたびに嫌な気持ちになります」

うん、と咲良さんは大きくうなずく。

「私の言うことを信用してないのわかるし」

胎内記憶について尋ねてみたいけれど、まだ時期尚早《しょうそう》だろう。

「今日はひとりで病院に行ったのですか？」

違う質問を投げてみることにした。咲良さんは「ああ」とさっきよりも柔らかい表情で自分の部屋のあたりを見た。

「お父さんと行くとあとがうるさいし。あの人も私のことを信じてくれてないから」

「信じるって、どういう意味ですか？」

「別に」

やはり拒絶されてしまった。けれど、咲良さんはしばらく黙ったあと、おもむろに口を開いた。

「私は」

そう言ったあと、しばらく迷うように視線をさまよわせてから、意を決したように咲良さんは私の目を見た。

「お母さんのお腹の中にいた時の記憶があるの」

「胎内記憶があるということですね」

「そういうこと。少しでも覚えていたいから、いろんな人に話をしたけど誰も信じてくれないし、クラスでもバカにされてさ」

宙をにらむ咲良さんを見て納得した。

「だから学校に行くのが嫌になったんですね？」

「嫌だけどたまには行ってる。でも、誰かと話をするたびに『信じてもらえない』

って思っちゃうんだよね。そんな人たちと一緒にいると苦しくなる」

吐き捨てるような言葉でも、ひとつひとつに彼女の悲しみが宿っている気がした。

「話してくれてありがとうございます」

「別に信じてくれなくてもいいよ。みんなそうだから」

投げやりな口調の咲良さんの目を、今度は自分からしっかりと見つめた。

「誰にも理解してもらえない苦しみ、すごくわかります。私の場合は、信じてもらえましたが、そのあとは原因究明のために検査ばかり受けさせられました。それはそれで、ひどく苦しいものでしたから」

私たちは似ている。記憶に関する問題だけではなく、他者に理解されない苦しみを味わい、この世に絶望している。

ベンチから出した足をぶらんぶらんさせながら、咲良さんが「ねえ」と私を見た。

「管理人さんもなにか病気ってこと？」

「私はあの病院で事務のお手伝いをしています。そのついでに治らない病気について経過観察――様子を診てもらっています」

「治らない病気？　それって、死んじゃうの？」

「その病気で亡くなることはありません。ぜんぶの記憶を覚えている、っていう病気――というか、呪《のろ》いのようなものです」

「ぜんぶ？　まさか」

と、咲良さんは目を丸くしている。

「皆さん、そのような反応をされます。人生で起こったすべての記憶があるなんておかしいですよね」

両親はＨＳＡＭであることを証明するために、定期的に東京にある病院へ私を連れて行った。そこではいろんな質問をされ、次の受診時にはまた同じ質問をされて答えを記録された。脳のスキャンや血液検査もあり、幼かった私がなんど拒《こば》んでも腕をつかんで強引に連れて行かれた。つかまれた腕の痛みまではっきりと覚えている。

咲良さんが上を見上げた。その横顔が、あの日の美玖さんに重なったのと同時に、胸が大きく跳《は》ねた。

まさか、という思いが込み上げてくる。美玖さんがあの年に出産をしたとしたら、生まれた子どもは今、いくつになっているのだろう……。

ゆっくり顔をもとの位置に戻した咲良さん。前髪が彼女の表情と、美玖さんの面《おも》影《かげ》を隠してしまう。

「生まれたら、お母さんにお腹の中で聞いたことを話したかった。でも、お母さんはいなかったの」

「……いなかった?」

「二歳の時に亡くなったって。だから、話したいと思ったときにはいなかったの」

違う。咲良さんは美玖さんの子どもじゃない。だって、そうだとしたら美玖さんはこの世にいないことになってしまう。

否定しても、胸が苦しくて息がうまく吸えない。

「なに?」

いぶかしげに尋ねる咲良さんに、首を横にふる。

「あの……ごめんなさい。聞かせてください。お母さんのお名前は、なんておっしゃるのですか?」

咲良さんは「美玖」とその名を口にした。私が会いたくて、だけど会えなくて、今いちばん耳にしたくなかったその名前を。

「美しいに、王様の王に久しぶりっていう漢字で、美玖っていう名前」

ただの偶然だ。同じ名前の人なんてこの世にはありふれている。自分に言い聞かせても、全速力で走ったみたいに息が切れている。

「あの……教えて。お母さんが結婚する前の苗字って……」

「坂下だよ。坂下美玖」

まるで雷に打たれたような衝撃《しょうげき》に、勝手にうめき声が漏《も》れてしまった。

――美玖さんは亡くなっていたんだ。

ここでもう一度美玖さんに会う日を待ち続けていた。会ったら、これまで無愛想だったことを謝りたいと思っていた。サンダルのお礼を言いたかった。おかしな中身のお弁当についても『美味《おい》しかった』と伝えたかった。

再会することが私の希望となり、春だけじゃなくどの季節も彼女との再会を待ち望んでいた。会ったら話したいことがたくさんあった。

やっぱり誰かと関わるとろくなことがない。これまで誰かの傷を癒そうとしてきたことが、ひとりよがりに感じた。

もう……美玖さんには会えないんだ。

「どうかしたの？」

心配そうに見てくる咲良さんに「いえ」と乾いた声で答えた。

「咲良さんの胎内記憶は、どんな内容なんですか？」

勝手に口がそう尋ねていた。

「ああ」と、咲良さんはさみしげに笑う。

「お母さんは誰かとお花見をしているの。桜の木の下でお弁当を食べているんだけど、相手はきっとお父さんだと思う。お弁当の中身をうれしそうに説明してるんだけど、それがちょっと変わったお弁当みたいでね……。でも、何度もお腹の中にいる私にも話しかけてくれた」

咲良さんの胎内記憶は本当のことだった。これまで信じてこなかったけれど、兄の言うように、見たり聞いたり感じたりしたものが、この世のすべてじゃないんだ……。

「お母さんが死んじゃったことは仕方ないと思う。でも、毎日必死で覚えていなくちゃ、どんどんその記憶が薄れていくの。お父さんに言っても信じてくれないし、『過去をふり返るな』ってそればっかり。お母さんの写真だって、私がヘンなことを言わないように実家に送っちゃったし」

そう言ったあと、咲良さんはしおれた花のようにうつむいてしまった。

「お腹の中にいた時の記憶が消えちゃったら、私からお母さんがいなくなっちゃう。いなかった人になっちゃう」

洟《はな》をすする咲良さん。胎内記憶を手放したくないんだ。お母さんとの思い出を守るために、戦っている。

しくしく痛む胸をこらえながら気づかれないように唇を嚙んだ。

もうこの話は終わりにしたい。美玖さんを想ってひとりで泣きたい。

けれど、それじゃあ、私はなにも成長していないことになる。このアパートの住人たちと過ごした日々が、徐々に私を変えていってくれた。目に見える変化だけじゃなく、少しずつ人と関わるよろこびを感じさせてくれた。

ここで美玖さんの娘である咲良さんに会えたのは、偶然なんかじゃない。美玖さんが私たちを引き合わせてくれたんだ……。

花の命が終わっても、桜の木はまだ生きている。彼女はあの日、そう教えてくれた。

咲良さんの傷を癒してほしい、と美玖さんが私に頼んでいる。だとしたら、私にできることがあるはず……。

ゆがむ視界をこらえ、私は「咲良さん」と彼女の娘の名を呼んだ。

「あなたはずっと覚えていたいんですね？」

「当たり前じゃん。お母さんとの唯一《ゆいいつ》の思い出なんだよ。子どもっぽいってわかってる。ぜんぶ覚えている管理人さんには絶対にわからない」

しばらく沈黙が続いた。

悲しむのはあとでいい。今は咲良さんの胎内記憶に向き合わなくちゃ……。

なにも答えない私が怒ったと思ったのか、気まずそうに咲良さんが「あの」と続けた。

「管理人さんにあたっているわけじゃなくて、私が子どもっぽいのかも……」

咲良さんはたくさん傷ついてきた。物心がついた時にはこの世からいなくなっていたお母さんとの思い出を必死につなぎとめている。

美玖さん、私はあなたに会いたかった。でも、もう叶わないのなら、咲良さんに会えた意味を私なりに考えてみるから。

崩れそうな決心のまま、自分を鼓舞《こぶ》して背筋を伸ばす。

「人は覚えたことの約八十パーセントを忘れる生き物です。残り二十パーセントの記憶を積み重ねて生きていくのです」

私の言葉に咲良さんは好戦的な目を向けてきた。

「だから忘れてしまえ、ってこと？」

「いえ、その残り二十パーセントに、大切なお母様の記憶があるということを言いたかったのです」

「でも、昔はお腹の中にいる時のことはほとんど覚えていたのに、今じゃお花見をしている記憶しか残っていない。それも、だんだん薄れていくようで怖《こわ》い。忘れたくないのに、忘れちゃいけないのに……」

気持ちを吐露《とろ》する人はみんな苦しそうに言葉を吐く。その横顔は、私の大切な友だちによく似ている。

「明日、ここでお花見をします。午前十一時集合です」

「は？」

「アパートの人皆さんが一堂に会します。咲良さんもお父さんを誘って参加してください」

サッと咲良さんの顔色が赤くなったかと思うと、ベンチから立ち上がった。

「行くわけないじゃん。学校にも満足に行けてないのに、なんでお花見になんか――」

「私が咲良さんの胎内記憶が本当のことだと証明します」

まっすぐに瞳を見つめて言うが、咲良さんは眉を吊《つ》り上げてにらんでくる。

「できるわけないよ！　もう……自分でも本当のことかわからなくなってきたんだから！」

前髪の隙間《すきま》から涙がこぼれている。彼女が守ってきた大切な記憶が、今では逆に彼女を悲しませている。

「もう放っておいて」

背を向け、咲良さんは歩き出す。途中から早足で、最後は駆けるように部屋へ戻ってしまった。

「美玖さん……」

もういない美玖さんに話しかけてみる。

い。

「私、がんばってみるから」

桜の花が応《こた》えるように揺れているのを見て、やっと涙がこぼれた。

もう会えないのなら、どうしてちゃんと話をしなかったのだろう？　過去の自分を責めても仕方ないけれど、これから先の後悔を失くすことはできるかもしれない。

「あ……」

そう考えると、両親のことも同じなのかもしれない。直接的な愛情を示された記憶はないけれど、記憶の見方を変えると見えてくる光景があった。

家を出たあと、ふたりは何度もここに謝りに来た。私は一切の謝罪を受け入れなかったけれど、聞いたことのないほど落ち込んだ声を耳が覚えている。

医師になることを絶対条件とされたのも、ある時の手紙では撤回《てっかい》されていた。けれど、それが逆に許せなくて見なかったことにした。

封印した記憶を咲良さんと美玖さんが解き放ってくれたような気がした。

肩で大きく息を吐き、私は１０４号室に向かった。

チャイムを押すと、

「ああ、坂下さん」

桃花さんが顔を出した。

「こんにちは。実は折り入ってお願いしたいことがあるのですが」

「私に？」

不思議そうに首をかしげる桃花さんに、私はうなずいた。

大丈夫。もう、心は揺れていない。


桜の木を見るといつもは泣きたくなるのに、今日だけは違った。泣くにはあまりにもにぎやかな状況だ。

どこで売っているのかというくらい大きなビニールシートの上に、私たちは円になって座っている。潮野さん親子は大きなクーラーボックスにこれでもかというほど飲み物を用意してきた。母親である瑠実《るみ》さんはお花見がはじまると同時にビールを呷《あお》り、息子の光瑠さんは缶チューハイをジュースのように飲んでいる。

渡邊夫妻は、穏やかな武史さんがニコニコと奥さんである桃花さんが作ったお弁当を食べている。寄り添う桃花さんも笑顔で作った料理を取りわけている。

「これうまいっすね」

光瑠さんがおにぎりをほおばりながら言うと、

「だろ」

武史さんが自慢げに胸を張っている。

満開の頂点を超えた桜が、はらはらと花びらを手放している。風に踊りながら降り注ぐ桜雨が美しすぎて見惚《みと》れてしまう。

美玖さんはお花見をする日まで、一度もアパートの敷地内には入ってこなかった。道路に立ち、美しい髪を風に揺らせながらほほ笑んで何分も桜に見惚れて立っていた。

「ほら、坂下さんも食べて」

桃花さんが紙皿に載《の》せた料理を渡してくれた。

「すみません。あと、昨日《きのう》は突然のお願いにもかかわらずお引き受けいただき、ありがとうございました」

「全然気にしないでください」

ほほ笑みを返し、桃花さんは二階のあたりに目を向けた。

「飯田さんたち来ませんね」

部屋を出る前、飯田さんの大きな怒鳴り声が二階から聞こえていた。咲良さんが参加を拒んでいるのだろう。

「あ」と、桃花さんが口に片手を当てた。

見ると、201号室から飯田さんだけが出てきた。休日というのにいつものスーツ姿でやって来ると、申し訳なさそうに頭を下げる。

「すみません。娘が駄々《だだ》をこねておりまして」

「反抗期、なつかしいわ。うちもそうだったから気にしないで」

瑠実さんに促され、飯田さんは靴を脱ぎみんなに挨拶を配った。光瑠さんが缶ビールを渡すと、背広の内ポケットから財布を取り出し、払う払わないのやり取りをしている。真面目《まじめ》な飯田さんらしい対応だと思った。

何度目かの乾杯をしてしばらく後、飯田さんが私の隣に移動してきた。少し酔いが回ってきたのか、あぐらをかき、珍しく笑みまで浮かべている。

「管理人さんはウーロン茶なんですね。下戸《げこ》ですか？」

「いえ、皆さんになにかあった場合、私が病院へ運ばなければいけないので」

そう言うと、飯田さんは「カカカカ」と水戸の黄門《こうもん》様が放つような笑い声を上げた。どうやら飲むと陽気になるようだ。

「万が一の時はよろしくお願いします」

そう言ったあと、飯田さんは目を細めて桜を見上げた。

「素晴らしい桜ですね。いつもはそばにあるベンチがかわいそうに思えます」

お花見のため、ベンチは塀のそばまで移動させている。さっきまで渡邊夫妻が座っていたけれど、トイレに行ったらしく、ポツンとさみしそうに見える。

「桜の木を見ていると、なぜか泣きたくなるんです」

ふいに飯田さんが言った。

「奥様のことを思い出されるからですね」

しみじみとうなずいてから、飯田さんは「え⁉」と私を見た。

「話したことありましたか?」

「そういう表情をされるのは、大切な誰かを想っている時です。今でも奥様のことを想っておられるのですね」

ビールを少し飲んで唇を湿《しめ》らせると、飯田さんは「はあ」と気の抜けた返事をした。

「まあ……そうですね。妻は桜が好きでしたから。つき合っていた頃から、しょっちゅう花見に出かけ、この街の桜はほとんど見たんじゃないかなあ」

過去を見る人は、いつも苦しそうに笑う。二度と戻らない人のことを考えれば、尚更そうだ。

「あ」と、瑠実さんが突然立ち上がった。

見ると、咲良さんが部屋から出てくるところだった。私たちと目を合わさないようにに小走りで階段を下りている。

「あれは逃走しようとしてるわね。あんた、迎えに行きなさい」

　さすがは親子。素早く立ち上がった光瑠さんが、スニーカーのかかとを入れずに「咲良さん」と駆け出す。

　ギョッとする咲良さんになにか声をかけ、しばらく話をしたあと咲良さんの腕を強引につかんで歩いてくる。

「放して！」

「ちょっと寄っていってよ」

「出かける予定があるんです」

「そう言わずにさ、一瞬、一瞬でいいから」

　幼少期から知っている光瑠さんがナンパしている姿が想像できて、なんだか複雑な心境だ。

　押し問答をしながらシートのそばまで来ると、今度は瑠実さんがにこやかに両手を広げた。

「咲良ちゃん来てくれてありがとう。ほら、あがってあがって」

けれど、咲良さんは体を硬くして足を踏ん張っている。

「おい、咲良――」

　膝《ひざ》をついて立ち上がろうとする飯田さんの腕をつかんでから、「咲良さん」と私は呼びかける。咲良さんは私を見ようともせず、じっと地面とにらめっこ。

トートバッグを持ち、咲良さんのもとへ向かう。

「ありがとうございます」

光瑠さんにお礼を言うと、咲良さんはキッとにらんできた。

「出かける用事があるって言ってるでしょ」

「いい加減にしろ！」

飯田さんが怒鳴った。

「そっちこそいい加減にしてよ！」

さっきのケンカの再現をはじめるふたりに、私は隅っこに置かれたベンチを指さした。

「少しでいいのでベンチでお話ししませんか？」

「……やだ」

「お前はそうやって――」

沸騰《ふっとう》寸前の飯田さんを、

「飯田さんは先に行って座っててください。すぐに咲良さんと行きますから」

語尾を強め、先に行かせることにした。渋々ベンチに向かう飯田さんに、「ムカつく」と咲良さんはつぶやいた。

トイレを済ませた渡邊夫妻が戻ってくるのが見えたが、咲良さんを見るや否や、武史さんは足を止めた。その表情は硬く、どこか怖がっているように見える。

「咲良さん。渡邊さんのご主人は若年性認知症というご病気なんです。知らない人がいることに驚いています」

そっと耳元でささやいた。咲良さんは「え？」と声を上げると渡邊さんが怖がらないように、彼に背を向けた。

「あなた、大丈夫よ。みんないい人ばかりだから」

桃花さんがそう言うと、武史さんは再び歩きはじめた。

「五分ください。咲良さんの胎内記憶について、きちんと証明しますから」

それでも咲良さんはいやいやと首を横にふり続ける。

「あなたが知らないお母さんのこともお話しできます」

「知らない……こと？」

戸惑いを表に出す咲良さんに、私はうなずいた。そう、ふたりが忘れてしまったことを、私なら話すことができる。

「……五分だけだからね」

言い放つと、咲良さんは大股でベンチに向かって歩き出した。飯田さんと間隔《かんかく》を空けて座ったので、私はふたりの真ん中に腰をおろすことにした。

真正面に桜の木がピンク色の花を誇示するように咲いている。桃花さんがデザートを取りわけ、瑠実さんは新しいビールの缶を取り出したところ。光瑠さんはこっちの様子が気になるのかチラチラ視線を送ってくる。

「人は覚えたことの約八十パーセントを忘れる生き物です。残り二十パーセントの記憶を積み重ねて生きていくのです」

ふたりの反応は真逆《まぎゃく》だった。

飯田さんは驚いた顔で、こっちを見た。

「え、それ本当ですか？」

咲良さんと目が合ったのだろう、すぐにサッと視線を逸らした。

「前に聞いたし。ていうか、あと四分しかないけど？」

尖った声でそう言ったあと、咲良さんもそっぽを向いた。

「私は見たこと聞いたこと、味やにおい、痛みまですべて覚えています」

「へえ」

と咲良さんは少しでも大人に見せるように足を組んだ。そんな咲良さんを飯田さんは苦々《にがにが》しい顔で見ている。

「けれど、ある日、兄に言われました。『お前がすべて過去の記憶を有していたとしても、それが事実じゃないことだってある。見たり聞いたり感じたりしたものが、この世のすべてじゃないんだよ』って」

兄に言われた言葉は飯田さん親子に会うまではあまり理解できなかった。

「それが娘とどう関係するんですか？」

「私は両親のことが嫌いだったんです。いえ、憎んでいたと言っても過言ではないでしょう」

咲良さんがハッとした顔でこっちを向くのが視界のはしに見えたけれど、私はそのまま続けた。

「でも、今ならわかるんです。両親にひどいことをされたというのは、私の記憶から導き出した主観的事実であり、実際は違ったのかもしれません。両親は両親なりに、私を心配してくれていたんだと思えるようになりました」

そう考えるようになってから、母親の心配した顔や、父親が私を診ている医師に頭を下げていた姿を思い出すことができた。

「でもさあ」と咲良さんが好戦的な目を向けてきた。

「それだって管理人さんの主観かもしれないじゃん」

「そうですね。私がそう思いたいのかもしれません。でも、同じ事象でもネガティブに捉《とら》えるのは止めようと思えたんです。それは、咲良さんが教えてくれたんですよ」

「は？」

ひと言で返す咲良さんに、飯田さんは表情を硬くした。

「お前なあ――」

すかさず「飯田さん」と呼びかける。

「咲良さんの胎内記憶はどういう内容なんですか？」

怒った顔のまま飯田さんは肩をすくめた。

「美玖――妻が、『お腹を触っていつも話しかけてくれた』とか『お弁当の中身が普通じゃないって言われたのよ』とか。わけのわからないことばかりですよ」

「違う」と鋭《するど》い声で咲良さんが言った。

「もっと色々あったけど、お父さんが聞いてくれないから言えなくなっただけ」

「だっておかしいだろ。美玖につき合って桜の花を見に行ったことはあるが、弁当を食べたことなんてない」

傷ついたように咲良さんの顔がゆがんだ。

「だってだって……お母さんはそう言ってたもん。誰も信じてくれないから学校にだって行けなくなったんだから」

「嘘の記憶とお前のサボり癖を一緒にするな」

「お父さんだってお母さんの写真、隠したくせに！」

再び臨戦態勢になるふたりを見て、なるほど、と素直に思った。飯田さんは咲良さんのために思い出させないようにしたくて、咲良さんは自分のために思い出そうとしている。

「同じくらい悲しいのに、アプローチが違うんですね」

「わかったふうに言わないで」

我慢の限界なのだろう、足に力を入れて立ち上がろうとする咲良さんに私は言う。

「私は美玖さんを存じております」

「は……？」

動きを止めたあと、咲良さんは体をもとの位置に戻した。信じられないような表情の咲良さんに私はうなずいてみせた。

「といっても、たくさん話したことはないんですけれど」

上半身をひねって道路を指さした。

「美玖さんは桜が好きな方でした。私がここに住みはじめて最初の春、美玖さんはそこに立ち、満開の桜を眺めていました」

「嘘つかないで。お母さんが死んだのはずっと昔の話だし」

本気で怒っているのだろう、咲良さんは低い声を出した。

「私は高校二年生からここに住んでおります。ですので、美玖さんが結婚する前から、春のたびにお見掛けしておりました。当時の私は今よりももっと人間嫌いでしたから、きちんとお話をしたのはずいぶんあと、そう、美玖さんに最後に会った時のことなんです」

彼女はうれしそうに話してくれたのに、私は無愛想に短い返事で済ませてしまった。

飯田さんがハッと顔を上げて咲良さんを見た。

「お前が言ってたお花見って……」

「私は無愛想で、その時まで彼女の名前すら知りませんでした。知っていたのは『坂下』という苗字だけ。それまでは敷地内には入ろうとしなかった美玖さんが、急にお花見を提案してきたんです」

咲良さんが両膝に置いた手を強く握りしめているのが見えた。

「咲良さん、思い出せますか？　あのお花見の席で、美玖さんは私に生まれてくる子どもについて話をしてくれました。その時に――」

必死で記憶を辿《たど》っているのだろう、ギュッと目をつむっていた咲良さんが、「ああ」と吐息とともに目を開いた。

「お母さんは、私の名前について話していた。……そうだよね？」

不安げに答えを求める咲良さんにうなずいてみせる。

あの日は風が強かった。無愛想な私になぜ彼女がよくしてくれたのか、今でもわからない。もうすぐ生まれてくる子どもは女の子だと彼女は言っていた。その笑顔があまりにも美しくて、同性なのに見惚れたことを覚えている。

「美玖さんは言っていました。『桜の木が好きだから「咲良」と名前をつけたい。夫には今夜、言うつもり』と」

咲良さんが息を止めているのがわかる。そうだよね。彼女の胎内記憶は本物なのだから。

「四月三日、桜が満開の日に私たちはここでシートを広げてお花見をしました。彼女は私のために お弁当を作ってきてくれたんです」

「ああ……」

うなだれる飯田さんが両手で顔を覆った。

「そうだった。美玖は桜が満開になるたびに誰かに会いに行っていた。すっかり忘れてたよ……」

「お母さんは、私の、こと、を……」

涙をこらえながら咲良さんはなんとか声を絞《しぼ》り出している。

「美玖さんは桜の幹に手を当てて、『私の子どもにあなたの名前をください』と話しかけていました。そして、風に髪をあおられながら笑みを浮かべて言いました。

『もしも私がいなくなったとしても――』

「『どうかこの子が元気でいられるように力をください』って、お母さんは言ってた」

……た」

声を押し殺して咲良さんは泣いた。飯田さんもうめき声を上げて涙にむせんでいる。

「それが最後に美玖さんに会った日の記憶です」

美玖さんはあの時すでに、病を発症《はっしょう》していたのかもしれない。だからこそ、最後にお花見を提案してくれたんだ。

もうすぐ子どもが生まれてくることのよろこびと、自分の命に限りがあることを知った悲しみ。わらにもすがる思いで、この桜の木にお願いをしにきたのだろう。

彼女の笑みしか私は覚えていなかった。なのに、私は最後まで笑みのひとつも見せず、サンダルのお礼も言えないまま、ずっとそのことを覚えていて。

私がもっと人に興味を持てていたのなら、なにかが変わったのだろうか。

見たり聞いたり感じたりしたことがすべてじゃない、と、長い年月をかけて美玖さんは私に教えてくれたんだね……。

「咲良さん。あなたの胎内記憶は、お母様の深い愛情が残してくれたものです。だけど、いつまでもそれにしがみついていては、お母様の願いは叶えられません。元気でいられるように、少しでも前を向いてほしい。きっとそう願っていると思います」

届くだろうか。『春だけの友だち』が私に託した遺言が。

「飯田さんも、無理やり咲良さんの記憶を遮断《しゃだん》するのは止めましょう。人は忘れたい記憶ほど、忘れることができないものです。ふたりで写真を見て、美玖さんを思い出してください。それは、明日、元気になるために」

何度もうなずく飯田さんが、

「……すまなかった」

絞り出すように咲良さんに言った。

「咲良さん」

小さな咲良さんの肩にそっと手を置くのに決心は必要なかった。不思議と自然にそうしている自分がいた。

「私は別に無理して学校に行ってほしいわけじゃありません。ただ、あなたの心が晴れてほしいだけなんです」

嗚咽《おえつ》を漏らす咲良さんの気持ちはわからない。けれど、美玖さんなら同じことを言うのだろうな、とぼんやり思った。

風が吹き、桜の花びらが雨のように私たちに降った。美玖さんがほほ笑んでいるような気がする。

トートバッグから取り出したお弁当箱を咲良さんに渡した。

「これは美玖さんと食べたお弁当を再現したものです」

「え……」

受け取った咲良さんが慌てた様子で包んでいた風呂敷の結び目を解《ほど》いた。

「私は料理ができませんから、あそこにいらっしゃる桃花さんに作ってもらいました。お弁当になぜかマカロンやプリンが入っていて、見たこともないくらいカラフルで、正直、美玖さんは料理のセンスは皆無な方です」

お弁当と言えば、てっきりおにぎりや唐揚げ、ウインナー、卵焼きと思っていたから驚いたものだ。咲良さんは「ああ」とつぶやく。

「お母さん、お花見の時の料理をダメ出しされてました。そっか、あれは管理人さんだったたんだね」

「だって、プリンですよ。それもカラメルたっぷりの。ほかにも、こんな感じです」

フタを開けた咲良さんが「ふ」と少し笑った。そこにはマカロンやプリン、どら焼きなどがお弁当箱いっぱいに詰められている。

「これはたしかに怒られるレベルだね」

「思い出すな。あいつ、妊娠中の食事制限を最後の最後で破ったんだ。夕飯に大量のどら焼きが出た時は焦《あせ》ったよ」

懐《なつ》かしそうに飯田さんが目を細めたあと、咲良さんに頭を下げた。

「お前の記憶を疑って悪かった。これからはちゃんと信じるから」

「あと、急に怒鳴るのもやめてよね」

ツンと澄ました顔をする咲良さんに、飯田さんは風船がしぼむように体を小さくしている。

おかしそうに涙を拭《ぬぐ》いながら咲良さんも軽く頭を下げた。

「すぐには学校には行かないよ。だって、お母さんの記憶のことと話は別だから。でも……私も色々ごめんね」

呼応するように桜の花が揺れ、大量の花吹雪を開放した。たくさんの花びらがふたりを祝福《しゅくふく》して散っていく。

桜の木を見ると、なぜか泣きたくなる。けれど、今日の涙は悲しい記憶のせいじゃない。温かい涙を流せた自分が、少しだけうれしく思えた。

――美玖さんよかったね。あなたが話しかけてきた言葉は無駄《むだ》じゃなかったんだよ。

ひとひらの桜の花びらが私の手に落ちた。

それは『春だけの友だち』がくれた最後のメッセージなのだろう。

エピローグ

春の終わりに早見《はやみ》さんが訪ねてきた。

結婚したので新しい苗字《みょうじ》になったはず。新しい苗字を聞く前に彼女は「え？」と声を上げた。

「坂下《さかした》さん、すっかり見違えましたね」

「そうでしょうか」

水やりの手を止め、自分の恰好《かっこう》を見下ろしてみる。

「光瑠《ひかる》くんが言ってましたけど、好きな人でもいるんじゃないかって。私たちの予想では猪熊《いのくま》さんなんですけど？」

左手に光るリングが彼女をさらに美しく見せている。

「あれは兄です」

「……え？　猪熊ドクターが？」

「はい。まあ事情がありまして、苗字は違うのですが。ちなみに私も元は医者でした」

　正直に答えると、早見さんは口をあんぐり開けて驚いている。

「ちょっと待ってください。心臓が痛い」

「病院に行かれますか？」

「それくらい驚いた、っていう例《たと》えですから本気にしないでください」

　胸に手を当てる早見さんが、なにかに気づいたように目を見開いた。

「え、ひょっとして、いつかお医者さんに戻るんですか？」

「それはありません」

　兄とはあれ以来、関係が良好だ。両親に対する記憶を修正したことで、思い出話をやさしい声で語り合うことも増えている。

　飯田さんと咲良さんの部屋からも怒鳴り声は聞こえなくなり、代わりに大笑いが部屋に届くようになった。今日は少しでも残っている桜を探そうと、東北へ旅行に出かけている。旅が終わったら、咲良さんは学校に通うようになるのだろう。そんな予感がしている。

「え、どうして？　だってお医者さんのほうがいいじゃないですか」

「それは、人それぞれでしょうね。私は、アパートの管理人をしていたい。そう思っているんです」

ここで私は記憶に問題を抱える人の助けになりたい。そうすることで、私の記憶もやさしく変わることを知ったから。

「へえ」と首を傾《かし》げながら、早見さんは咲き誇る花に目を向けた。

「花壇《かだん》を作ったんですね。どんどん、このアパートは進化しているみたい」

「少しでも入居者さんを増やさないと、と思いまして」

そう言ってから思い出した。美玖さんは一度、飯田さんを連れてきたことがある。あれはまだ私が無愛想の極みだった頃で、彼女とも話したことがない時代だ。荒れ放題の雑草の庭といった記憶が飯田さんに残ったのかもしれない。だから、ここを訪れたことがあることを忘れてしまったのだろう。

早見さんが去ったあと、残りの水を花にやった。

桜の木を見ても、もう泣きたくはならない。むしろ、鎮静剤《ちんせいざい》のように穏《おだ》やかな気持ちになる私がいる。

青い軽自動車がハザードを出しながら敷地内に入ってきた。部屋を見せてほしいという依頼は、もちろん兄からの紹介で。

車が停車し、運転席から不安げな表情を浮かべた女性が降りてきた。桜の木に気づき、泣きそうに唇を噛んでいるのが見えた。

あなたが悩む記憶の問題を私が癒せるかどうかはわからない。だけど、寄り添うことはできるから。

歩き出そうとするそばで、桜の木が歓迎するように緑の葉を揺らせた。

「記憶アパートへようこそ」

そうつぶやいてから、私は足を踏み出した。

著者紹介

いぬじゅん

奈良県出身、静岡県在住。2014年、『いつか、眠りにつく日』で、第8回日本ケータイ小説大賞を受賞しデビュー。19年、フジテレビFOD、地上波にて連続ドラマ化。同年、『この冬、いなくなる君へ』(ポプラ文庫ピュアフル)で、第8回静岡書店大賞 映像化したい文庫部門、22年、『この恋が、かなうなら』(集英社オレンジ文庫)で、第10回静岡書店大賞 映像化したい文庫部門、受賞。

『今夜、きみの声が聴こえる』(スターツ出版文庫)、『君がオーロラを見る夜に』(角川文庫)など、生死をテーマにした作品を多く発表している。

近著に、『君と見つけたあの日のif』(PHP文芸文庫)、『旅の終わりに君がいた』(実業之日本社文庫)、『きみの10年分の涙』(スターツ出版文庫)、『君の青が、海とけるまで』(角川文庫)など。

目次・章扉デザイン――太田規介(BALCOLONY.)

本書は、書き下ろし作品です。

この物語はフィクションです。

ＰＨＰ文芸文庫　記憶アパートの坂下さん

2024年７月22日　第１版第１刷

著　　者　　　いぬじゅん
発行者　　　永田貴之
発行所　　　株式会社ＰＨＰ研究所
東京本部　〒135-8137 江東区豊洲5-6-52
文化事業部　☎03-3520-9620（編集）
普及部　☎03-3520-9630（販売）
京都本部　〒601-8411 京都市南区西九条北ノ内町11
PHP INTERFACE　https://www.php.co.jp/
組　　版　　　有限会社エヴリ・シンク
印刷所　　　株式会社光邦
製本所　　　株式会社大進堂

ISBN978-4-569-90419-1

PHP文芸文庫

君と見つけたあの日のif

いぬじゅん 著

財政難の劇団を救うため、女子高生劇団員がレンタル家族のお仕事に挑む⁉ 居場所がないと悩む全ての人に贈る、感動の青春&家族小説。

PHP文芸文庫

凪《なぎ》に溺れる

青羽 悠 著

その曲は、人々を魅了し突き動かす――。衝動と諦念の狭間で藻掻く六人と、二十七歳の若さで亡くなった音楽青年の生涯を描く感動作。

PHP文芸文庫

すべての神様の十月（一）〜（三）

小路幸也 著

貧乏神、福の神、疫病神……。人間の姿をした神様があなたの側に⁉　八百万の神々とのささやかな関わりと小さな奇跡を描いた連作短篇シリーズ。

PHP文芸文庫

第7回京都本大賞受賞の人気シリーズ

京都府警あやかし課の事件簿1～8

天花寺さやか 著

人外を取り締まる警察組織、あやかし課。新人女性隊員・大にはある重大な秘密があって……？　不思議な縁が織りなす京都あやかしロマンシリーズ。

PHP文芸文庫

うちの神様知りませんか？

市宮早記　著

なぜか神様が失踪してしまった神社を舞台に、その神様の行方を追いながら、妖狐×女子大生×狛犬が織りなす、感動の青春物語。

PHP文芸文庫

怪談都市ヨモツヒラサカ

蒼月海里 著

ダイヤにない時間に来る地下鉄、死者の声が聞こえるマンホール……異界に通じる場所「ヨモツヒラサカ」の秘密を追う傑作ホラー小説。

PHP文芸文庫

午前3時33分、魔法道具店ポラリス営業中

藤まる　著

相手の心を読めてしまう少女と、自分の心が他人に伝わってしまう少年。二人が営む不思議な骨董店を舞台にした感動の現代ファンタジー。